나는 실패를
믿지 않는다

오프라 윈프리의 일과 성공과 사랑

〈사진 제공〉
알파포토스 : 87, 109, 118, 136
연합뉴스 : 8, 18, 68, 69, 80, 81, 85, 92, 102, 112, 121, 129, 140, 141, 144, 152
그외 사진 ENSLOW출판사 제공

나는 실패를 믿지 않는다

오프라 윈프리의 일과 성공과 사랑

로빈 웨스턴 **지음** | 이정임 **옮김**

Oprah Winfrey

뜨거운 남아프리카공화국의 태양 아래 서서 오프라 윈프리는 환히 미소짓고 있다. 연예계에서 가장 부유하고 가장 강력한 미국 여성인 윈프리는 우아한 드레스에 금으로 만든 장신구를 두르고, 건축 인부의 안전모를 쓰고 있다. 그녀와 나란히 똑같이 튼튼한 안전모를 쓰고 있는 이는 세계적인 명성을 지닌 인권운동가이자 남아프리카공화국의 전(前) 대통령인 넬슨 만델라이다. 그들과 함께 남아프리카공화국의 교육부장관인 카더 아스말(Kader Asmal) 교수와 다른 몇몇 고위인사들이 서

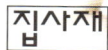

나는 실패를
믿지 않는다
오프라 윈프리의 일과 성공과 사랑

초판 1쇄 인쇄일 | 2007년 5월 15일
초판 47쇄 발행일 | 2013년 1월 20일

지은이 | 로빈 웨스턴
옮긴이 | 이정임
발행인 | 유창언
발행처 | 집사재

출판등록 | 1994년 6월 9일
등록번호 | 제10-991호

주소 | 서울시 마포구 서교동 377-13 성은빌딩 301호
전화 | 335-7353~4
팩스 | 325-4305
E-MAIL | pub95@hanmail.net
         pub95@naver.com

ISBN 978-89-5775-113-8   03840

값 9,800원

"나는 실패를 믿지 않는다.
그 과정을 즐겼다면 실패가 아니다"

– 오프라 윈프리

차례

CONTENTS

제1장

"아, 하느님, 알겠어요!

뜨거운 남아프리카공화국의 태양 아래서 오프라 윈프리는 환히 미소짓고 있다. 연예계에서 가장 부유하고 가장 영향력있는 미국 여성인 윈프리는 우아한 드레스에 금으로 만든 장신구를 두르고, 건축 인부의 안전모를 쓰고 있다. 그녀와 마찬가지로 안전모를 쓰고 나란히 서 있는 이는 세계적인 명성을 지닌 인권운동가이자 남아프리카공화국의 전(前) 대통령인 넬슨 만델라이다. 남아프리카공화국의 교육부장관인 카더 아스말(Kader Asmal) 교수와 몇몇 고위인사들도 그들과 함께 했다.

윈프리는 힘껏 삽을 땅바닥에 찔러 넣고 기름진 거무스

름한 흙덩이를 퍼올린다. 그녀가 흙덩이를 허공에 내던지자 보도진들과 관객들 사이에서 열광적인 박수갈채가 쏟아져 나오고 환호성이 울려 퍼진다.

때는 바야흐로 2002년 12월 6일이다. 오프라 윈프리는 이제 막 남아프리카공화국의 소녀들을 위한 기숙학교인 '오프라 윈프리 리더십 아카데미(Oprah Winfrey Leadership Academy for Girls)' 건설의 첫 삽을 떴다. 이 새로운 학교는 7학년에서 12학년까지의 학생들을 수용하게 될 것이며, 학문에 재능이 있는 450명의 여학생들만을 위한 터전이 될 것이다.

2007년에 문을 열 예정인 리더십 아카데미는 윈프리의 마음속에 각별하게 자리잡고 있다. 전 세계의 여성과 아동, 그리고 가정의 복지를 지원하기 위해 설립된 단체인 오프라 윈프리 재단(Oprah Winfrey Foundation : 1987년에 설립된 자선단체-옮긴이)은 이미 그 학교를 세우고 유지하는 데만 1,000만 달러를 기부하기로 약정했다.

윈프리는 모여 있는 많은 사람들에게 이야기한다.

"교육은 산을 움직이고 다리를 건설하며 세계를 변화시키는 수단입니다. 교육은 미래를 위한 통로입니다."

그녀는 덧붙여 말한다.

> **"교육은 산을 움직이는 수단입니다."**

"나는 교육이 확실히 기회의 폭을 넓혀 준다고 생각합니다. 하느님의 도우심으로 이 소녀들은 남아프리카공화국과 세계가 평화로 나아가는 길에서 미래를 책임질 인재들이 될 것입니다."[1]

윈프리가 그 학교에 대해 갖고 있는 비전에는 퍼스널컴퓨터와 우수한 장비를 갖춘 과학실험실과 같은 최신식 과학기술을 수용하는 교실들이 포함된다. 또한 몇 개의 경기장과 수백 개의 공동침실, 커다란 구내식당뿐만 아니라 책들로 완전히 꽉 찬 도서실과 공연을 위해 설계된 원형극장, 체육관도 포함된다. 소녀들을 위한 아카데미는 요하네스버그 남쪽에 위치한 구아텡 지방의 27,000여 평의 부지에 세워질 계획이다.

윈프리는 이 프로젝트에 그녀의 마음과 영혼을 모두 쏟고 있다. 그녀는 아카데미가 어린 학생들을 유익하고 교육적인 환경 속으로 끌어안기를 바란다. 윈프리는 또한 최고 수준이라고 자부할 수 있는 교육 프로그램에도 심혈을 기울이고 있다.

남아프리카공화국의 아파르트헤이트 정책

'아파르트헤이트(Apartheid)'란 글자 그대로 '분리'를 의미한다. 아파르트헤이트는 공식적인 인종분리 정책으로, 남아프리카공화국 정부는 60년 동안 백인 우월주의 정책을 시행했다. 이 정책의 목적은 백인이 아닌 사람들의 거주구역을 제한하고, 그들의 지배권을 엄격하게 금지하는 것이었다.

1994년에 아프리카 민족회의(ANC)*는 격렬한 정치투쟁과 여러 차례의 유혈시위 뒤에 정권을 잡게 되었고, 공식적으로 아파르트헤이트를 종식시켰다. 아프리카 민족회의는 새로운 비차별 정책들이 남아프리카공화국에 만연된 빈곤 속에서 비(非) 백인들, 특히 흑인들을 구제할 수 있기를 바랐다. 그러나 과거 10년 동안 남아프리카공화국에서는 50만 개의 일자리가 감소되었고, 그로 인해 이 나라는 여전히 가난에 허덕이고 있는 실정이다.

* African National Congress(ANC) : 1923년까지 명칭은 South African Native National Congress(남아프리카 원주민 민족회의). 남아프리카 공화국의 정당, 흑인민족주의자 조직 – 옮긴이

비록 윈프리가 미국에 돌아가서 눈코 뜰 새 없이 바쁜 스케줄을 소화해야 하지만 ─ 엄청난 인기를 누리는 그녀의 토크쇼와 장편영화는 물론 텔레비전 프로그램도 제작하느라 분주한 제작사, 그밖에 셀 수 없이 많은 자선사업뿐만 아니라 케이블방송사인 〈옥시즌(Oxygen)〉과 〈오(O)〉라는 세계적 잡지 때문에 ─ 그녀는 이것만은 장담한다.

"나는 아주 사소한 것 하나까지 모두 챙길 생각입니다."[2]

그리고 나서 윈프리는 자신이 아카데미와 한 약속을 이행하겠다는 의지를 보여주기 위해서 한 가지 예를 들어 보인다.

"일전에 나는 직원들과 함께 앉아서 도서실에 대해 의논하다가 의견을 하나 냈습니다. '도서실에 벽난로가 없네요. 여긴 소녀들의 집이에요. 아이들이 겨울철에 독서를 하려면 벽난로가 필요하지 않겠어요?' 그래서 우리는 도서실에 벽난로를 놓으려고 합니다. 나는 우리가 이 학교를 가정과 같은 장소로 만들 거라고 확신합니다."[3]

아카데미를 세울 부지에 첫 삽을 뜨는 일만으로 윈프리가 그해 남아프리카공화국에 머문 것은 아니었다. 같은 해 크리스마스 시즌에 그녀는 50,000명 이상의 고아들에게 나눠줄 옷가지와 장난감들로 가득 찬 수천 개의 상자를 싣

고서 전국 방방곡곡을 돌아다녔다. 그 고아들의 대부분은
에이즈로 부모를 잃은 아이들이었다. 윈프리가 나눠준 선
물은 '2002년 남아프리카공화국에 베풀어진 크리스마스
온정(Christmas Kindness South Africa 2002)' 이라는 신조어
를 만들어냈다.

미국으로 돌아온 뒤에 윈프리는 평소와 같이 업무로 돌
아갔지만 남아프리카공화국에서 받은 감동을 깊이 간직하

수줍은 미소를 띤 어린 디옹(Diong)이 고아원을 방문한 오프라 윈프리에게서 크리스마스 선물을
받고 있다.

고 있었다. 에이즈 고아들에게 선물을 나눠주면서 온 나라를 여행한 일은 윈프리의 인생을 바꾸는 특별한 경험이 되었다. 아이들의 얼굴을 바라보면서 그들의 기쁨을 눈앞에서 목격한 일은 그녀에게 매력적이고도 강렬한 느낌을 주었다.

"나는…… 기쁨에도 질감이 있다는 사실을 깨달았어요. 방안에 기쁨이 가득하면 온몸으로 그걸 느낄 수 있거든요. 그 순간에 난 이렇게 말했죠. '아, 하느님, 알겠어요!'"[4]

깨달음을 얻게 된 그 여행 이후로 윈프리는 하루하루 즐겁지 않은 날이 없었다. 그녀는 그 이유를 이렇게 말한다.

"모든 걸 균형잡힌 시각으로 볼 수 있게 되었기 때문이죠."[5]

아프리카로의 여행은 윈프리가 자신의 영향력을 이용하여 전 세계 사람들에게 남아프리카공화국 내의 에이즈의 심각성을 알리기로 결심하는 계기가 됐다. 그녀가 예로써 언급한 충격적인 사실 하나는 에이즈에 감염된 아프리카인들의 99퍼센트가 그들에게 필요한 의약품을 구입할 형편이 못된다는 것이다.

사하라 이남의 아프리카 지역에서는 15세 미만의 1,300만 명 이상의 어린이들이 적어도 한쪽 부모를 에이즈로 잃었고, 그 수치는 지금도 계속 증가하고 있다. 세계 고아들의 90퍼센트 이상이 아프리카에 있다.

2003년에 윈프리는 남아프리카공화국을 다시 방문했다. 이번에는 소웨토(Soweto : 남아프리카공화국 요하네스버그 남서부의 흑인 거주 구역 – 옮긴이)에서 온 에이즈에 감염된 124명의 아이들에게 특별한 축하 잔치 – 언제까지나 기억에 남을 크리스마스 파티 – 를 열어 주었다. 그날 파티장에 도착한 아이들은 붉은 카펫을 따라 걸어와서 환영의 포옹과 키스를 받았다.

이것은 대단히 인상적인 행동이었다. 때때로 사람들은 에이즈에 걸린 아이들과 접촉하는 것 자체를 두려워한다. 그 병이 일상적인 접촉에 의해서 전염된다는 잘못된 지식을 갖고 있는 탓이다.

아이들은 음악과 게임이 펼쳐지고 푸짐한 음식들이 차려진 축하 파티에서 하루 종일 극진하면서도 정성어린 환대를 받았다. 그리고 장난감과 신발과 같은 선물도 한 아름씩 받았다. 오랫동안 아무것도 없이 살아온 아이들에게는 그 날이 몹시 감격스러웠을 것이다. 윈프리는 이렇게 떠올렸다.

"한 여자 아이는 너무 흥분한 나머지 받은 선물을 풀어 보지도 못하더군요. 그냥 포장지에 입을 맞추고만 있었죠."[6]

파티가 끝날 무렵에 아이들은 그들에게 파티를 열어준 그 유명한 오프라 윈프리와 함께 찍은 사진을 한 장씩 받았다. 윈프리가 소감을 밝혔다.

"내 인생 최고의 날이었어요. 아이들의 얼굴에서 기쁨을 보았으니까요."[7]

윈프리가 남아프리카공화국에 각별한 친밀감을 느끼고 있긴 하지만, 그곳이 그녀가 자선을 베풀기 위해 시선을 돌린 유일한 장소도 아니고, 또 처음도 아니었다. 가난한 미혼모에게서 태어나 빈곤과 역경 속에서 성장하였고, 미시시피의 작은 시골 농가에서 어린시절을 보낸 이 시대 미디어의 거물은 1980년대 후반 이후로 어림잡아 5,000만 달러 이상을 자선단체에 기부해온 것으로 추정된다.[8]

윈프리는 장차 더 많은 자선활동에 힘을 쏟으려는 바람을 갖고 있다. 그녀의 목록에는 남아프리카공화국에 추가로 또다른 학교들을 세우는 것을 지원할 계획들이 올라 있다. 뿐만 아니라 아프가니스탄의 소녀들을 위한 학교를 세울 계획도 목록에 실려 있다. 아프가니스탄에서는 2002년까지 정권을 장악했던 엄격한 이슬람 군벌인 탈리반 (Taliban : 페르시아어로 '학생들'이란 뜻. Taleban이라고도 씀―옮

수만 명의 남아프리카공화국 어린이들에게 음식과 의류, 책, 장난감 등을 전달한 경험이
윈프리의 삶을 바꿔놓았다.

긴이) 치하에서 여성의 교육이 금지된 바 있다.

　윈프리는 또한 전 세계 고아들에 관한 다큐멘터리 제작
을 계획하고 있다. 그러한 아이디어는 윈프리가 아프리카
를 여행하는 동안에 떠올랐다. 여행길에서 그녀는 에이즈
나 다른 질병으로 부모를 모두 잃은 후에 형제, 자매를 돌
보고 있는 9살밖에 되지 않은 어린아이들을 만났다.

　이 문제에 대해 주의를 환기시키고, 더 나아가 그러한

상황을 변화시키기 위해서 윈프리는 그녀가 할 수 있는 소임을 다할 생각이다. 윈프리는 또한 자선단체들을 설립해서 함께 협력하여 이 문제에 노력을 기울일 수 있도록 할 작정이다.

과거가 미래를 비추는 거울이라고 한다면 오프라 윈프리의 계획이 좋은 결과를 얻을 것이라는 데에는 의심의 여지가 없다. 성장하는 동안 윈프리의 앞길에는 장애물이 오랫동안 놓여 있은 적이 없었다. 그녀는 어린시절부터 삶의 도전들에 정면으로 맞서는 법을 배웠기 때문이다. 그녀는 더불어 그녀가 지닌 솔직함이나 관대함과 같은 밝은 면을 지키는 법도 배웠다.

제2장

가난한 가정에서 태어나다

1950년대 초에 미국 남부는 여전히 인종차별 정책
이 남아 있었다. 흑인들과 백인들은 사회의 모든 면에서
서로 분리되어 생활했다. 그들은 같은 식당에서 밥을 먹을
수도 없었고, 같은 호텔에 숙박할 수도 없었다. 버스에서
조차도 백인들은 버스 앞쪽에 앉았고, 흑인들은 버스 뒤쪽
에 타야 했다. 하지만 완만한 구릉들을 끼고 미시시피주의
중앙에 위치해 있는 코지어스코(Kosciusko)와 같은 작은 마
을에서는 인종분리 정책이 그다지 강력한 통제력을 발휘
하지 못했다. 코지어스코의 전(前) 시장인 프레디 조지
(Freddie George)는 그가 재직하던 시기 중에 그 조그만 마

을 내의 인종간의 관계에 대해서 이렇게 설명했다.

"우리는 함께 어울려 살았습니다. 서로 협력하여 농사도 지었고, 서로 거래도 했습니다."[1]

그러나 코지어스코는 교육적 기회나 경제적 기회가 대단히 부족한 곳이었다. 실내 수도시설이나 전화와 같은 현대 문명의 이기도 접하지 못했다.[2] 대다수의 마을 어린이들은 피부색에 관계없이 빛나는 미래에 대한 별다른 희망 없이 성장했다.

오프라 윈프리가 태어난 곳이 바로 그곳이었다. 그녀는 남북전쟁(1861~1865년)이 막을 내린 뒤 자유를 얻은 노예의 손녀딸로, 1954년 1월 29일에 코지어스코의 나무로 지어진 작은 농가에서 태어났다. 오프라가 출생한 그해에 미 연방대법원은 공립학교의 인종분리가 위헌이라는 판결을 내렸다. 이 판결로 흑인들에게는 보다 나은 미래를 맞이할 수 있는 희망의 씨앗이 심어졌다.

급변하는 사회상황을 고려한 덕에 처음부터 오프라의 이름은 신중하게 지어졌다. 그녀의 대고모 이다(Ida)는 성서 룻기(Book of Ruth : 구약성서의 한 권. 효부로서 다윗의 조상이 된 룻의 생애를 적은 역사서 – 옮긴이)에서 거의 알려지지 않은 인물인 '오르바(Orpah)'의 이름을 따서 아이의 이름을 지을 것을 제안했다. 그런데 산파가 아기의 이름을 적을 때에 실수로 알파벳 'r'과 'p'를 바꿔 썼고, 그렇게 해서 출생증명서에 '오프라(Oprah)'로 오르게 되었다.

오프라의 독창적인 성향에도 불구하고 그녀의 어린시절은 흔히 그렇듯 가난에 찌들어 있었다. 그녀의 어머니 버니타 리(Vernita Lee)는 오프라가 태어났을 때 18살에 불과했다. 그녀의 아버지 버논 윈프리(Vernon Winfrey)는 20세로 앨라배마에 있는 육군기지, 캠프 러커(Camp Rucker)에 주둔하는 군인이었다. 10대인 두 사람은 사실 서로에 대해서 거의 알지 못했다.

아이가 태어나고 몇 주 뒤에, 버논은 미시시피에서 그의 기지로 온 한 통의 편지를 받고서 깜짝 놀랐다. 오프라의 출생증명서와 함께 그에게 "옷을 보내줘요!"라며 도움을 청하는 버니타가 휘갈겨 쓴 짧은 메모가 동봉되어 있었기 때문이다.[3] 그러나 버논은 오프라를 양육하는 일에 즉시 도움을 주지 않았다. 나중에 그는 그렇게 행동한 것을 후회한다고 고백했다.

처음 몇 해 동안 오프라는 어머니와 외할머니 해티 메이 리(Hattie Mae Lee)의 손에서 자랐다. 경제적으로 여유가 없었기 때문에 그들은 검소한 생활을 해야 했다. 그들은

오프라의 아버지, 버논 윈프리

코지어스코의 자그마한 농장에서 소와 돼지, 닭들을 키우면서 살았다. 오프라는 농장에서 재배된 것을 먹었고, 외할머니가 바느질하여 손수 만들어주신 옷을 입었다.

오프라가 4살 되던 해 그녀의 어머니 버니타는 위스콘신 주의 대도시인 밀워키에 파출부 일자리들이 있으며, 그 급료가 주당 50달러나 될 만큼 아주 높다는 것을 알게 됐다. 그녀와 같은 젊은 아이 엄마가 코지어스코에서 벌 수 있는 돈보다 훨씬 많은 액수였다. 그녀는 그 기회를 놓칠 수 없었다.

버니타는 자신의 삶을 향상시키고 싶었다. 그래서 그녀는 1900년에서 1960년 사이에 더 나은 삶을 찾기를 바라며 북부의 도시로 떠나간 거의 5백만 명에 이르는 아프리카계 미국인들의 대열에 동참했다. 당시의 이런 움직임은 대이동(Great Migration)이라고 불린다. 버니타가 아기를 돌보면서 일을 할 수는 없었으므로, 어린 오프라는 외할머니 손에 맡겨졌다.

해티 메이 리의 시골 농장에서의 일상은 지루한데다 고되고 힘겨웠다. 웬만큼 나이가 들면서 오프라는 외할머니를 도와서 매일 집안일을 해야 했다. 신발도 없이 맨발로 그녀는 우물에서 집까지 물을 길어 나르고 닭과 돼지에게

대이동(The Great Migration)

1915년에서 1920년 사이에 거의 백만 명에 이르는 아프리카계 미국인들은 농업기반의 남부를 떠나 일자리도 얻고 인종차별주의에서도 벗어나기 위해 북부와 중서부지방(애팔래치아 산맥의 서쪽, 로키 산맥의 동쪽, 오하이오 강, 미주리, 캔자스주 이북의 지역 – 옮긴이)의 산업화된 도시들로 옮겨갔다. 수십 년 뒤에 거의 백만 명 이상의 흑인들이 서부, 특히 캘리포니아로 이동하는 일이 뒤따랐다. 작은 농촌 지역을 떠나 큰 도시로 이주하려는 경향은 계속 이어졌다. 그 결과 1960년대까지 아프리카계 미국인의 40퍼센트가 남부를 떠났으며, 전체 아프리카계 미국인의 75퍼센트가 도시에 거주하게 되었다. 그들이 도시에 자리를 잡으면서 새로운 흑인 문화가 탄생했다.

먹이를 주고 소들을 목초지로 데려가는 일을 했다.

그런 일들은 매일 규칙적으로 해야 하는 고된 일이었지만 그래도 해지기 전까지 윈프리가 놀 시간은 남아 있었다. 하지만 그곳에는 함께 놀 아이들이 한 명도 없었다. 가장 가까운 이웃이라고 해봐야 길가 위쪽에 사는 장님뿐이었다. 그래서 어린 오프라는 방법을 생각해냈다. 그녀는 농장의 동물들에게 이야기를 하면서 그녀의 자유시간을 보냈다. 꼬마였을 때에도 그녀는 자연스럽게 대화를 이어가는 재능이 있었다. 그녀는 당시를 이렇게 떠올렸다.

"애들이 많지 않았어요……. 함께 놀 친구도 하나 없었고, 옥수수 속대로 만든 인형 말고는 장난감도 없었죠. 그래서 나는 동물들을 데리고 놀았고 암소들 앞에서 연설도 했답니다."[4]

해티 메이는 오프라를 사랑했지만 그 시대에 많은 어른들과 마찬가지로 완고하고 규율이 엄격했다. 그리고 손녀딸의 활동적인 기질을 억누르는 것이 가장 이로운 일이라고 믿는 사람이었다. 그 당시에는 아이들이 못된 짓을 할 때면 '회초리'라고 부르는 나뭇가지 세 개로 매를 맞았다. 해티 메이는 손녀딸이 속을 썩이면 들판으로 달려 나가서 그녀를 매질하는 데 쓸 나뭇가지를 꺾어왔다. 그것은 지금도 오프라의 마음속에 언짢은 기억으로 남아 있다. 이전에 오프라는 이렇게 회상했다.

"할머니는 며칠이고 내게 매질을 하셨어요. 절대 지치는 법이 없으셨죠. 요즘 같으면 아마 아동학대라고 생각했을 거예요."[5]

엄격한 규칙과 완고한 규율 속에서도 오프라는 해티 메이의 사랑을 느낄 수 있었다. 몇 년 뒤에 오프라는 외할머니의 엄격한 양육방식에 감사의 마음을 표했다.

"우리 외할머니 덕분에 오늘의 내가 있는 겁니다. 내가 갖고 있는 용기와 분별력, 이 모든 것이 다 외할머니 덕분입니다."[6]

해티 메이는 손녀딸에게 위안이 되어 주기도 했다. 오프라는 외할머니가 그녀에게 더할 수 없이 자애로운 사랑을 보여주었던 때를 기억하고 있다. 그들이 함께 쓰던 깃털 침대에 누워 있고, 밖에서는 폭풍우가 사납게 휘몰아친 날이었다. 해티 메이는 떨고 있는 오프라를 그녀의 품에 안고서 부드러운 말로 안심시켰다.

"하느님은 당신의 자녀들을 함부로 다루시지는 않는단다."[7]

신앙심이 몹시 깊은 여인인 해티 메이는 오프라에게 일요일마다 꼭 버팔로 연합 감리교회에 다니게 했다. 예배는 남부의 열기로 숨막힐 듯한 공간에서 보통 아침부터 오후 늦게까지 계속 이어졌다. 아이들은 예배시간에 바스락대지 않고 얌전하게 앉아 있어야 했다. 하지만 그건 쉬운 일이 아니었다. 특히나 오프라처럼 힘이 넘치고 호기심으로 가득 찬 아이에게는 더더욱 그랬다.

해티 메이는 교육의 중요성을 굳게 믿는 사람이었다. 그녀 자신은 정식으로 교육을 받지 못했지만, 오프라가 성서를 읽으면서 자라기를 바랐다. 그래서 대부분의 3살짜리들이 그저 색깔이나 구별하는 법을 배우고 있을 때 오프라는 읽기와 쓰기, 덧셈과 뺄셈, 그리고 성서 암기까지 공부했다.

오프라는 성서와 다른 종교서들의 긴 구절들을 척척 암기해 냈다. 해티 메이는 다른 무엇보다도 이 일로 기뻐했다. 그녀는 손녀딸의 그런 재능을 자랑하고 싶어서 부활주일 예배에서 오프라가 암송을 하도록 주선했다.

오프라가 예배에서 이야기한 주제는 '예수님이 부활하신 날'이었다. 그녀의 암송은 자신감이 넘쳤고 완벽했다. 그녀는 교구민들의 칭찬을 한 몸에 받았다. 기쁨에 넘쳐 환히 웃고 있는 해티 메이 가까이에 앉아 있던 한 여인이 그녀에게 몸을 기울이고서 말했다.

"저 아이는 천재예요."[8]

놀라울 것도 없이 능숙하게 성서를 암송하는 오프라의 재능은 그녀 나이 또래의 아이들을 감동시키지는 못했다. 아이들은 종종 그녀의 따분한 교회적 성향을 놀림감으로

버팔로 연합 감리교회에서 3살짜리 오프라는 부활절 성서 암송으로 사람들 모두를 즐겁게 했다.
한 여인이 말했다. "저 아이는 천재예요."

삼았고, 그녀를 '꼬마 설교자'라고 부르면서 못살게 굴었다.

오프라는 자신이 다른 아이들과는 다르다고 생각했다. 1959년 가을에 그녀가 미시시피의 버팔로 근처에 있는 유치원에 입학했을 때 그런 생각은 더욱 강해졌다. 그녀는 이미 글을 읽고 쓸 줄 알았기 때문에 수업시간이 몹시 지루하고 따분했다. 그래서 그녀는 이 문제를 해결하기 위해서 무언가 해야 한다고 마음먹었다. 그녀는 선생님에게 다음과 같은 편지를 썼다.

"뉴 선생님, 여긴 제가 있어야 할 곳이 아닌 것 같아요."[9]

오프라의 학문적 능력은 그녀가 쓴 편지에 잘 드러났다. 결국 학교 관리자의 동의를 얻어서 오프라는 1학년으로 월반할 수 있었다.

그때까지 6살짜리 오프라가 알고 있던 세상은 외할머니의 시골 농장이 전부였다. 그러나 오프라의 현실은 극적으로 변화하고 있었다. 해티 메이가 병들어 더 이상 손녀딸을 돌볼 수 없게 되자 오프라는 밀워키에 있는 어머니 버니타 리와 함께 살러 가게 되었다. 남부 시골에서의 하루하루가 오프라에게는 외로운 시간들이었을지 모르지만 도시에서의 생활은 시련 그 자체였다.

| 제3장 |

어려운 시기

중서부의 산업도시인 위스콘신주의 밀워키는
바삐 움직이는 많은 사람들과 고층 빌딩들, 공장들, 그리
고 시끄러운 차량 소음 등으로 떠들썩하고 혼잡한 곳이었
다. 오프라가 줄곧 경험한 느릿느릿한 남부의 시골과는 아
주 대조적이었다. 불행하게도 부산한 이 도시에서 벗어날
수 있는 피난처가 오프라에게는 없었다.

오프라의 새로운 집은 침울하고 냉랭한 곳이었다. 낡은
셋집에 있는 어두침침하고 비좁은 방 한 개가 전부였다.
오프라는 어머니와 이복 여동생 퍼트리샤(Patricia)와 도심
에 있는 조그만 셋방을 함께 써야 했다. 그녀의 아기 동생

이 어머니와 한 침대에서 자는 동안 오프라는 방 문가에 작은 간이침대를 놓고 자야 했다. 오프라는 이렇게 고백했다.

"어쩐지 버림받은 것 같은 느낌이었어요. 우리 어머니가 도대체 왜 나를 데려오기로 결심했는지 이해가 되지 않았지요. 어머니는 나를 돌볼 준비가 전혀 돼 있지 않았어요. 나는 그저 어머니에게 짐이 되는 군식구였을 뿐이었어요."[1]

여섯 살 오프라는 북적거리는 밀워키로 이사했을 때 그녀의 세계가 엉망이 되었다는 것을 깨달았다.

버니타는 먹고살기 위해 하루 종일 파출부로 일해야 했다. 교외지역으로 파출부 일을 다니는 데에는 오랜 시간이 걸렸다. 그래서 버니타는 오프라를 종종 이웃이나 먼 친척들의 손에 맡겼다. 버니타가 하루 일을 마치고 밤늦게 집에 돌아올 때면 완전히 녹초가 된 상태라서 딸에게 관심을 기울일 여력이 없었다.

오프라는 말벗이 될 애완동물을 갖고 싶었지만 어머니는 방이 비좁아서 갑갑하다며 그것을 허락하지 않았다. 그래서 오프라는 상상력을 발휘하여 해결책을 생각해냈다. 그 아파트에는 바퀴벌레가 아주 많이 있었는데, 오프라는 그것들을 잡아서 키웠다.

"나는 바퀴벌레에게 이름을 지어주고 병에다 넣어 놓고서 먹이를 줬어요……. 아이들이 반딧불이를 잡아 병에 넣어두는 것처럼요."[2]

그녀는 두 마리의 바퀴벌레에게 각각 멜린다(Melinda)와 샌디(Sandy)라는 이름을 지어주었다.

> 오프라의 어머니는 오랜 시간을 일을 해야 했고, 일을 마치고 집에 돌아올 때면 완전히 녹초가 된 상태라서 딸과 놀아줄 수 없었다.

오프라는 의지가 굳고 솔직한 아이로 자라났다. 학교에서는 여전히 뛰어난 학생이었지만 집에서는 어머니와 살갑게 지내지 못했다. 그녀는 어머니에게 반항하고 무례하게 행동했다.

결국 오프라를 돌보는 일이 자신의 능력 밖이라는 사실을 깨닫게 되면서 버니타는 오프라의 아버지 버논 윈프리에게 연락을 취하여 그들의 딸이 그와 함께 살러 가도 되는지를 물었다. 그가 동의하자 그녀는 버논과 그의 아내 젤마(Zelma)가 함께 살고 있는 테네시주의 내슈빌행 버스에 오프라를 태워 보냈다.

8살짜리 오프라가 내슈빌에 도착하자, 아버지가 정거장에 마중 나와 있었다. 어린 오프라는 아버지의 안정된 가정에서 자신을 기다리고 있는 놀라운 가능성을 그때는 알지 못했다.

버논과 젤마 윈프리는 내슈빌 동쪽의 수수한 주택에서 살고 있었다. 버논은 말수가 별로 없는 조용한 사람으로 직업을 2개나 가지고서 부지런히 일했다. 당시

아버지의 집에서는 오프라의 종교적, 학문적 성장이 최우선 과제였다.

에 그는 밴더빌트 대학교의 수위 일과 내슈빌 병원의 주방 일을 하고 있었다. 부부에게는 아이가 없었으므로 그들은 기꺼운 마음으로 오프라를 자신들의 집에 받아들였다.

윈프리 부부는 엄격한 성품의 사람들이었다. 그래서 끌어안거나 입을 맞추는 것과 같은 애정표현으로 그들의 사랑을 직접적으로 드러내지는 않았지만, 오프라는 부부의 큰 사랑을 마음으로 느낄 수 있었다. 그들은 오프라의 종교 교육과 학교 교육에 혼신의 힘을 쏟았다. 일요일마다 그녀를 침례교회에 데려가고 그녀에게 구구단을 반복 연습시켰으며 책을 읽고 독후감을 쓰라고 강조하고 정기적으로 암기한 단어를 테스트하기까지 했다.

그녀가 내슈빌에 오고 얼마 뒤에 버논과 젤마는 오프라를 도서관에 데려가서 그녀가 대출카드 만드는 것을 도왔다. 도서관카드를 갖게 되면서 오프라는 자신이 지역사회의 일원이라는 소속감을 갖게 되었고, 나아가 시야를 넓히는 데에도 도움이 되었다.[3]

그녀의 4학년 선생님인 메리 덩컨(Mary Duncan)도 오프라가 사고력을 개발하도록 격려해 주었다. 덩컨 선생님은 또한 오프라의 통찰력을 키워주었고 그녀에게 책을 많이 읽고 현명해지는 것을 즐기라고 강조했다.

양지에서 활짝 핀 꽃처럼 오프라는 내슈빌에서 아무 탈 없이 성장했다. 하지만 그녀의 행복은 그리 오래 가지 않았다. 학기가 끝나고 여름이 돌아왔을 때, 버니타는 오프라를 밀워키로 다시 데려갔다.

오프라가 떠나 있는 동안에 밀워키의 어머니 집에는 많은 변화가 있었다. 그녀의 어머니는 방 2개짜리 아파트로 이사해 있었고, 또 한 명의 동생 제프리(Jeffrey)도 태어나 있었다. 그녀는 미래에 대해서 희망적으로 생각하고 있었다. 그녀는 오프라에게 약속했다.

"나와 함께 가서 살자꾸나. 난 결혼도 할 거고, 그러면 우리 모두가 진정한 가족이 될 수 있을 거야."[4]

버니타의 낙관적인 생각에도 불구하고 오프라에게는 밀워키에서의 생활이 이전보다 훨씬 더 힘겹기만 했다. 이제 그녀는 버니타가 동거하고 있는 남자친구와 막내 동생 제프리뿐만 아니라 이복자매 퍼트리샤와 손바닥만한 작은 아파트에서 함께 살아야 했다. 길고 무더운 여름 내내 그녀는 책을 읽거나 여동생과 젖먹이 동생을 돌보면서 보냈다.

오프라는 아버지와 새어머니 젤마에게 돌아가고 싶은 마음이 굴뚝 같았다. 그 집에서는 그녀가 유일한 자녀여서 관심을 한 몸에 받을 수 있었다. 그러나 여름이 막바지에 이르러 버논이 오프라를 데려가려고 찾아왔을 때, 버니타는 오프라를 돌려보내려고 하지 않았다.

어쩔 수 없이 버논은 딸을 남겨두고서 낙심한 채 혼자 내슈빌로 돌아갔다.

어머니와 함께 살면서 오프라의 삶은 끝없이 추락했다. 늘 사람들로 들끓는 버니타의 아파트는 많은 친척들이 쉬어가는 휴식처 같은 역할을 했다. 친척들은 달리 갈 곳이 없을 때면 그곳에 와서 머물렀다. 문은 언제나 열려 있었고 그리고 비극이 걸어 들어왔다.

오프라가 9살 되던 해의 어느 날 밤에 그녀는 자신을 돌봐주기로 되어 있던 사촌과 함께 집을 지키고 있었다.

그날 밤 19살짜리 소년은 그녀를 강간했다. 오프라는 두렵고 혼란스러웠지만 그 일을 비밀에 부쳤다. 그녀는 자신이 단지 어린아이기 때문에 아무도 자신의 말을 믿지 않을 거라고 생각했다.[5]

유감스럽게도 사건은 그것이 끝이 아니었다. 오프라는

10대 사춘기 내내 성적 학대를 당했다.

"9살에서 14살 사이에 수년간 그런 일을 당했어요. 그것도 바로 우리 집에서 다른 사람들−이 남자, 저 남자, 사촌할 것 없이−한테서 말이에요. ……그때에는 그런 일이 벌어진 건 다 내 탓이라고, 내게 뭔가 문제가 있는 것이 틀림없다고 생각했던 것 같아요."[6]

성적 경험이 있었다고는 하지만 오프라는 10대 초반이넘어서도 생식(生殖)에 대해서는 아는 바가 없었다. 아기가어떻게 생기는지 알게 된 것은 학교 운동장에서 친구들과잡담을 나누던 때였다. 별안간 오프라는 공포심에 사로잡혔다. 그때부터 그녀는 늘 속이 울렁거렸고, 자신이 임신을 했을지도 모른다고 생각하면서 두려움에 떨어야 했다.나중에 오프라가 강간에서 가장 견디기 힘든 부분이었다고 말한 것이 바로 이 공포심이었다.

분노와 고통을 억누르면서 오프라는 공부에만 전념했다. 공부에만 힘을 쏟은 덕분에 그녀는 어려운 기회를 잡을 수 있었다. 그녀가 밀워키 도심에 있는 링컨 중학교에다니던 때에 유진 아브람즈(Eugene Abrams)라는 선생님이구내식당에서 그녀의 행동에 주목했다. 다른 학생들이 모여 앉아 큰 소리로 떠들며 시간을 낭비하고 있는 데 반해,

오프라는 언제나 외따로 앉아서 책을 읽는 데에만 몰두하고 있었다.

아브람즈는 오프라의 학구적인 모습에 깊은 인상을 받았고, 그녀가 학문 분

야에서 두각을 나타낼 가능성을 정말로 지니고 있는 것은 아닌가 생각하게 되었다. 그는 오프라의 다른 선생님들에게 자신의 생각을 전했다. 그들은 오프라가 특별하다는 데 모두 동의했다.

순전히 선의의 뜻으로 아브람즈는 오프라를 '업워드 바운드(Upward Bound)'라는 새로운 프로그램에 지명 추천했다. 그녀가 부유한 지역에 있는 학교에서 더 훌륭한 교육 기회를 가질 수 있기를 바라는 마음에서였다.

13살의 오프라는 전액 장학금을 받고 밀워키에서 45킬로미터쯤 떨어진 곳에 위치한 사립특수학교인 니콜레트 고등학교에 입학했다. 니콜레트 고등학교는 그녀가 다니던 거칠고 위험한 공립학교보다는 우수한 학교였지만 환경이 바뀌는 과정에서 오프라에게는 적잖은 어려움이 뒤따랐다. 그녀는 버스를 3번이나 갈아타고서 새 학교에 다

업워드 바운드 프로그램(Upward Bound Program)

1966년 6월에 미국 정부는 '업워드 바운드'라는 새로운 국가적 프로그램을 만들었다. 그것은 오늘날에도 여전히 시행되고 있다. 그 프로그램의 목적은 불우한 가정 출신의 학생들이 계속 교육을 받아서 대학진학을 할 수 있도록 돕는 데 있다. 저소득 가정의 학생들과 부모가 모두 대학교육을 받지 않은 가정의 학생들에게 도움이 되는 프로그램이다. '업워드 바운드 프로그램'의 학생들은 장학금과 다른 학자금 지원 가능성에 대한 정보를 제공뿐만 아니라 카운슬링과 멘토링, 가정교사, 문화행사 체험, 대학의 특별과정 등록 등에 관한 다양한 정보도 제공받게 된다. 그 프로그램이 시작된 이후로 대략 2백만 명의 학생들이 '업워드 바운드 프로그램'의 혜택을 받아 대학을 졸업했다.

녀야 했다. 도심부에서 먼 교외지역까지 오프라는 그녀의 어머니와 같은 파출부 일을 다니는 여자들과 함께 통학했다.

새 학교에서 오프라는 인기가 많았다. 그래서 그녀는 종종 부유한 급우들의 집에 초대를 받아 가곤 했다. 많은 소녀들이 그녀와 친구가 되고 싶어 했지만, 오프라는 그들이 자신과는 다르다는 생각을 하지 않을 수 없었다. 널찍한 주택과 꽉 채워진 냉장고, 거기다 커다란 옷장이 있는 백인 친구들의 생활방식은 밀워키 도심의 아파트에서 옹색하게 사는 자신의 궁상스런 생활과는 차원이 달랐다.

오프라는 자신의 실상을 포장할 그럴싸한 이야기가 필요했다.

"어머니와 아버지에 대한 이야기를 꾸며내곤 했어요. 다

니콜레트 고등학교 2천 명의 학생 중에서 오프라만이 유일한 아프리카계 미국인이었다.

른 친구들처럼 되고 싶은 마음에 그분들에 대해서 가장 거짓말을 많이 했어요."[7]

그 동안에도 그녀의 어머니 버니타는 생계를 유지하기 위해 발버둥치고 있었다. 빠듯한 형편이다 보니 오프라의 집에는 늘 여윳돈이 한 푼도 없었다. 하지만 오프라는 테니스도 배우고 영화도 보러가고 친구들과 피자도 함께 나눠먹고 싶었다. 그녀의 사립학교 친구들이라면 당연한 것으로 여길 그런 일들을 그녀도 하고 싶었다. 다른 학교 친구들처럼 행동하고 싶은 마음에 오프라는 어머니의 지갑에서 돈을 훔치기 시작했다.

성적 학대로 쌓인 마음속의 분노와 그녀 주변의 무질서한 생활 환경으로 인해 자극을 받게 되면서 오프라의 반항심은 자기 파괴적인 행동으로 돌변했다. 억압된 감정의 표출로 나타난 그러한 행동들은 도를 더해만 갔다. 오프라는 밤늦게까지 사내애들과 어울렸고 어머니에게 말대꾸를 해댔으며 거짓말도 밥 먹듯이 했다. 나중에 오프라는 이렇게 털어놓았다.

"내 스스로 온갖 문제들을 일으켰어요."[8]

오프라는 어머니의 지갑에서 돈을 훔치기 시작했다.

자신의 그릇된 행동으로 벌어진 결과에 정면으로 맞서기보다 그녀는 오히려 가출을 되풀이했다. 딸의 행동을 통제하고 싶은 간절한 마음에 버니타는 오프라를 문제가 있는 10대 소녀들을 위한 시설인 '비행소년 보호소'로 보내기로 결정했다. 다행히도 그 시설은 이미 만원상태여서 오프라까지 수용할 여유가 없었다. 버니타는 딸을 사랑했지만 그녀에게 절대적으로 필요한 관심도 엄격한 규율도 자신이 주지 못했다는 것을 새삼 깨닫게 됐다.

버니타는 자신이 어떻게 행동해야 하는지 잘 알고 있었다. 내슈빌에 있는 오프라의 아버지와 새어머니 젤마의 집으로 딸을 돌려보내는 것 외에는 다른 방도가 없었다. 오프라는 그녀의 여행가방뿐만 아니라 너무나 무거워서 들고 갈 수도 없는 비밀을 간직한 채 밀워키를 떠났다.

제4장

역경을 이기다

버논과 젤마는 오프라가 그들의 집으로 돌아와서
매우 기뻤다. 그녀가 더이상 그들이 마지막으로 보았을 때
의 그 9살짜리 꼬마가 아니었을지라도 말이다. 이제 13살
의 오프라는 선정적인 옷을 입고 뽐내며 걷는 건방진 10대
였다. 그녀는 버논에게도 버릇없이 굴었고 예의 없이 그를
'폽스(Pops : 미국 속어로 아저씨―옮긴이)'라는 호칭으로 불렀
다.

그러나 오프라가 그렇게 고약하게 행동한 것은 엄청난
비밀을 덮으려는 이유에서였다. 그녀는 임신 7개월의 몸
이었다. 오프라는 아버지에게 자신의 몸 상태에 대해서 솔

직하게 이야기해야 한다는
것을 알고 있었다. 그녀는
용기를 내서 아버지에게 그
사실을 털어놓았고, 바로
그날 아기가 태어났다. 하
지만 유감스럽게도 조산으

오프라가 고약하게 행동한 것은 엄청난 비밀을 덮으려는 이유에서였다.

로 태어난 아이는 며칠 뒤에 죽고 말았다.

인생을 변화시키는 일련의 사건들을 겪으면서 오프라는
자신감을 잃게 되었다.

"아이가 죽은 뒤에 나는 학교로 돌아갔어요. 내 인생에
서 두 번째 기회를 얻었다고 생각하면서요. 나는 독서에
몰두했지요. 헬렌 켈러나 안네 프랑크처럼 고통을 겪은 여
인들에 대한 책들을 주로 읽었어요."[1]

버논은 설득력 있는 격려의 말로 타이르고 엄격한 규율
로 이끌어서 오프라가 과거를 극복하도록 만들었다. 오프
라는 자신이 올바르게 세상을 살아갈 수 있도록 아버지가
자신을 도울 수 있다고 믿었다. 아버지가 그녀에게 기대하
는 것은 아주 분명했다. 버논은 그녀에게 말했다.

"잘 들어라, 애야, 내가 모기 한 마리가 자동차를 끌 수
있다고 말하면, 의심하지 말고 받아들여라. 내가 그렇다면

그냥 그런 거다."[2]

이제 버논은 이발사 일을 하면서 잡화점을 운영하고 있었다. 그는 쉴 틈도 없이 장시간 일해야 했지만, 그 때문에 오프라에게 관심을 기울이는 시간이 줄어들지는 않았다. 한 가지 확실한 것은 버논과 젤마 어느 쪽도 그릇된 행동을 더 이상 참으려고 하지 않았다는 것이다. 그들은 엄격하게 규칙을 정했다. 오프라에게 얌전한 옷차림을 하라고 강조했고, 말대꾸를 하거나 규칙을 따르지 않으면 그 대가로 벌을 받을 것이라고 경고했다. 오프라는 말했다.

"나는 벌을 받지 않는 행동과 벌을 받아야 하는 행동을 정확히 알고 있었어요. 나는 아버지의 권위를 존중했어요."[3]

버논은 딸에게 훈계했다.

"어두워지기 전까지는 집에 들어와라. 늦었다가는 현관에서 잘 줄 알아라."[4]

버논과 젤마는 오프라가 학업에만 전념할 것을 요구했다. 여름철이라 학교가 방학 중이었는데도 그녀는 매일 적어도 새로운 단어 5개를 암기해야 했고 한 달에 네다섯 권 정도의 책을 읽지 않으면 안 되었다. 그리고 먼젓번에 함께 살 때 그랬던 것처럼 책을 읽은 뒤 독후감도 써야 했다.

오프라의 아버지는 이발소와 잡화점 일로 눈코 뜰 새 없이 바빴지만 방종한 딸에게서 엄격한
감시의 눈길을 떼지 않았다.

그러나 오프라는 그들의 완고한 사랑방식에 답답해하지
않고 잘 자랐다.

1968년 9월 오프라가 14살 되던 해에 그녀는 내슈빌의
이스트 고등학교에서 10학년을 시작했다. 그녀가 부러워
하면서 항상 서로 다르다는 것을 느껴야 했던 밀워키의 사
립학교와는 달리, 내슈빌의 학교는 그녀에게는 최적의 장
소였다. 학생들은 서로 조화를 이루었고, 중산층의 흑인
학생들도 많이 있었다.

그럼에도 불구하고 오프라의 학업 성적은 부진하기만

했다. 아이의 죽음으로 인해 여전히 불안정한 상태인데다 새로운 학교에 적응해야 하는 일까지 겹쳐지면서 오프라는 처음에 단지 C밖에 받지 못했다. 버논은 딸에게 더 열심히 노력하라고 다그쳤다. 그는 강한 어조를 사용하며 그녀에게 자극을 주려고 했다. 그는 그녀에게 딱 잘라 말했다.

"네가 단지 C를 받을 수밖에 없는 아이였다면 내가 너에게 기대할 것도 고작 그뿐이겠지. 하지만 넌 그런 아이가 아니다. 그러니 이 집에서 네가 C를 받는 것은 용납할 수 없다."[5]

버논과 젤마는 한층 더 엄격한 새 의무를 그녀에게 부과했는데, 그것은 텔레비전 시청을 제한하는 것이었다. 버논은 그녀에게 세상에는 세 종류의 사람이 있다고 가르쳤다.

"세상에는 일을 일으키는 사람들, 일이 일어나는 것을 그저 바라보는 사람들, 그리고 도대체 무슨 일이 일어나는지 알지 못하는 사람들이 있다."[6]

오프라는 아버지와 새어

오프라는 아버지와 새어머니 젤마의 엄격하면서도 애정 어린 보살핌 속에서 발전하기 시작했다.

머니 젤마의 지도와 보살핌 아래서 발전하기 시작했다. 그녀의 학업성적은 로켓이 날아올라가는 것처럼 빠른 속도로 상승했다. 얼마 지나지 않아 그녀는 우등생 명단에 이름을 올렸을 뿐만 아니라 학교 선생님들과 동료 학생들의 관심을 얻게 되었다.

오프라는 연극부에 가입했고, 또 토론팀에도 참여하여 암송법과 연설법을 연습했다. 토론팀은 연설과 토론을 겸하는 동아리였는데, 다른 학교에서 열리는 대회에도 참가했다. 자신의 뿌리가 자랑스러웠던 오프라는 유명한 노예제 폐지론자인 해리엇 터브먼[1]과 소저너 트루스[2]에 대해서 연설을 했다. 그녀는 또한 그녀가 가장 소중히 여기는 책들 중 하나인 마거릿 워커[3]의 〈주빌리(Jubilee)〉를 낭독하기도 했다. 그 소설은 노예집안의 딸이자 농원의 주인인 바이리(Vyry)의 일생을 주제로 한 이야기이다.

---

[1] Harriet Tubman : 1820~1913, 남부에서 노예 생활을 하다 탈출해 남북전쟁이 일어나기 전까지 노예제 철폐에 앞장섰다. '지하철도(노예들을 탈출시킬 목적으로 이루어진 치밀한 비밀조직으로 여러 은신처로 이루어져 있음)'의 탈출로를 따라 수백 명의 노예들을 자유로운 북부로 이끈 활약으로 '흑인들의 모세'로 알려졌다.

[2] Sojourner Truth : 1797~1883, 미국의 흑인 전도사이자 사회개혁가. 종교적 열정을 바탕으로 노예제 폐지와 여권운동에 힘썼다.

상급생이 됐을 때 오프라는 자신감을 되찾게 됐다. 그래서 그녀는 학생회 부회장에 입후보하기로 결정했다. 그녀의 실제적인 공약들—구내식당 음식의 질 개선, 훌륭한 교풍 조성, 댄스파티에 라이브 밴드 초청 등—은 동급생들에게 호소력이 있었다. 개표 결과는 오프라의 승리였다.

우수한 성적과 과외 활동에 근거하여 오프라는 그 해에 콜로라도주의 이스트즈 파크(Eastes Park)에서 열린 '청소년을 위한 백악관회의'에 초대받게 되었다. 전국에서 온 빼어난 학생들과 경제계 지도자들 5백여 명과 함께 그녀는 10대 청소년들과 관계있는 문제들에 관한 토론에 참가했다. 내슈빌로 돌아온 후 오프라는 지역의 아프리카계 미국인 라디오 방송국인 WVOL의 디스크자키 존 히델버그의 인터뷰에 응했다.

한편 오프라는 학교생활도 계속 잘 해 나가고 있었다. 그녀가 이룬 성과로 인해 오프라는 동급생들 사이에서 돋보이는 존재가 된 것은 말할 것도 없고 그녀가 가지고 있는 열의와 의욕으로 인해 친구들의 존경까지 얻게 되었다.

---

*3) Margaret Walker : 1915~1998, 미국의 시인이자 작가. 그녀의 소설 〈주빌리〉는 19세기 남부에 거주하던 아프리카계 미국인의 역사적 경험을 흑인 여성의 관점에서 다룬 최초의 소설 중 하나이다.

오프라(앞줄 중앙)는 학생회 부회장으로 선출되었다.

1971년 상급생이 된 오프라는 자신의 17번째 생일을 축하하는 파티를 크게 열었다. 생일파티는 학교 체육관에서 열렸다. 친구들 모두가 들어갈 수 있을 만큼 널찍한 장소여야 했기 때문이다. 그녀는 학교의 학생들 모두를 초대했다.

몇 달 뒤에 오프라는 얼마 전에 콜로라도에서 있었던 청소년회의 건으로 그녀를 인터뷰했던 디스크자키 존 히델버그에게서 전화를 받았다. 그는 지난번 인터뷰에서 고등학생인 그녀가 얼마나 능숙하게 말을 잘 했었는지를 상기시키면서 오프라에게 라디오 방송국을 대표해서 내슈빌에서 열리는 '화재예방 미인대회(Miss Fire Prevention Contest)'에 출전해 줄 것을 부탁했다.

하지만 버논 윈프리는 그 생각에 반대했다. 오프라도 처음에는 대회에 참가하는 것을 생각하지 않았다. 미모를 갖춘 수많은 젊은 아가씨들이 타이틀을 얻으려고 다툴 것이므로 미인대회는 경쟁이 치열할 것이라고 생각했기 때문이었다. 그러나 곰곰이 생각해본 뒤에 오프라는 그녀가 아무것도 잃을 것이 없다는 결론을 내렸고, 미인대회에 참가하기로 결정했다.

오프라가 야회복을 차려 입고 심사위원들 앞에 서 있었을 때, 그녀는 소방차 색깔과 같은 붉은 머리를 가진 백인 여성들의 무리에서 유일한 흑인 여성이었다. 오프라는 자신이 대회에서 우승할 가망이 전혀 없다고 생각했다. 그래서 대회 내내 아주 편안한 마음으로 자연스럽게 행동할 수 있었다. 그런

"저는 막 써버릴 거 같아요. 제가 어떻게 쓸지는 잘 모르겠지만 아마 쓰고, 쓰고 또 쓸 거예요."

누가 1971년의 '화재예방 미인대회의 우승자'로 선정됐을까? 오프라(중앙)가 그 영예를 안았을까?

데 긴장을 푼 이런 느긋한 태도가 오히려 그녀의 성공 전략이 되었다.

심사위원들이 소녀들 각자에게 만약 백만 달러가 생긴다면 무엇을 하겠는가라고 물었을 때 오프라는 아주 솔직하게 답변해서 그들을 박장대소하게 만들었다.

"저는 막 써버릴 거 같아요. 제가 어떻게 쓸지는 잘 모르겠지만 아마 쓰고, 쓰고 또 쓸 거예요."[7]

질문들이 보다 진지해져서 나중에 사회에 나가면 무슨

일을 하고 싶은가라는 질문을 받았을 때에 오프라의 답변은 그들에게 훨씬 더 큰 감명을 주었다.

"방송기자가 되고 싶어요. 왜냐하면 저는 진실을 믿기 때문이에요. 저는 세상에 진실을 알리는 일에 관심이 많거든요."[8]

오프라의 유머감각과 지성미, 자신만만한 성격이 심사위원들의 높은 점수를 얻었다. 그녀가 1971년의 '화재예방 미인대회'의 왕관을 쓰게 되었을 때, 오프라는 그 타이틀을 차지한 첫 번째 아프리카계 미국인 여성이 되었다.

몇 달 뒤에 오프라는 화재예방 미인대회에서 그녀를 후원했던 WVOL 라디오 방송국에 찾아갔다. 신체적 결함을 가진 아기의 출산을 예방하기 위한 연구에 기금을 제공하는 소아마비 구제 모금운동 단체인 '마치 오브 다임스 (March of Dimes : 1938년에 소아마비를 앓고 있던 프랭클린 루즈벨트 대통령에 의해 설립된 자선단체－옮긴이)'를 위해 기부금을 모으는 일에 참여하기 위해서였다. 그녀가 방송국에 있는 동안 디스크자키 히델버그는 그녀에게 종이 한 장을 건네면서 마이크에 대고 읽어보라고 요구했다. 그는 그것을 테이프에 녹음했고, 나중에 방송국 국장인 클래런 킬크리스 (Clarene Kilcrese)에게 들려주었다. 방송에서 이야기하는 오프라의 천부적인 재능에 깊은 감명을 받았던 킬크리스는 그녀에게 라디오 뉴스 기사를 낭독하는 방과 후 일자리를 제안했다.

이제 학교가 끝난 뒤에 오프라는 아버지의 잡화점에서 일하는 대신에 오후 4시부터 저녁 8시 30분까지 매 30분에 뉴스 기사를 낭독하는 일을 하게 되었다. 오프라는 17살밖에 되지 않았지만 그녀의 첫 번째 방송 일을 얻었고,

첫 번째 아프리카계 미국인 출신 화재예방 미인대회 우승자인 오프라가 당선 축하 퍼레이드를 하는 중에 군중들에게 손을 흔들고 있다.

또 한주에 100달러를 벌게 되었다. 이것은 10대에게는 상당한 액수였다.

상급반 학생으로서 바쁜 시간을 보내고 있음에도 불구하고 그녀는 라디오 방송국 일을 하면서 용케 성적을 유지했다. 학교에서 그녀의 인기도 계속 수직 상승하고 있었다. 그녀는 학급에서 가장 인기 있는 여학생으로 뽑혔고, 가장 인기 있는 남학생으로 뽑힌 앤터니 오티(Anthony Otey)와는 데이트하는 사이였다. 그는 오프라와 마찬가지로 존경받는 학생이었다. 그리고 그들은 둘 다 토론팀의 일원이었다. 그들은 연설에 관심이 있는 다른 동급생들과 함께 힘을 합쳐서 다른 학교의 토론대회에 참가했다.

1971년에 오프라는 연설을 하러 처음으로 로스앤젤레스로 여행을 떠났다. 여행 경비는 한 종교단체에서 지불했다. 로스앤젤레스에 머무는 동안에 오프라는 흔히 그렇듯 할리우드의 관광명소를 방문했다. '할리우드 스타의 거리(Hollywood Walk of Stars)'라고 불리는 그라우만의 중국극장(Grauman's Chinese Theatre) 밖 보도에 발을 딛었을 때 그녀는 어떤 예감이 들었다. 내슈빌로 돌아온 뒤 그녀는 아버지에게 언젠가 자신의 이름도 동판에 새겨져 콘크리트 보도에 깔리게 될 거라고 자신있게 말했다.

내슈빌의 이스트 고등학교에서 '가장 인기 있는 학생'으로 뽑힌 학생은 오프라와 그녀의
남자친구 앤터니 오티였다.

오프라가 아버지 집으로 돌아오고 3년이 지난 뒤, 이제
그녀는 예전의 문제들에서 벗어나 모든 일들에서 좋은 결
과만을 얻고 있었다. 고등학교에서는 우등생이 되었고, 학
교 토론팀에서는 스타가 되었다. 선생님들과 동급생들에
게는 존경을 얻었고, 미인대회에서는 입상도 했다. 게다가
방과 후에는 아프리카계 미국인 라디오 방송국에서 뉴스
진행자 일도 하고 있었다.

버논은 딸이 이뤄낸 모든 것이 자랑스러웠다. 그러나 오프라가 고등학교를 졸업하고 대학에 진학하게 되었을 때 그는 그녀가 자신의 곁에서 아직 떠날 준비가 됐다고는 생각하지 않았다. 그는 오프라가 집에서 멀리 떨어진 곳에 있는 대학에 다니는 것을 허락하지 않았다. 오프라는 아버지의 바람을 존중하여서 내슈빌 집에서 그리 멀지 않은 곳에 위치한 흑인 학생들만 다니는 테네시 주립대학에 등록했다.

오프라는 텔레비전과 라디오에 관한 공부를 하고 싶었지만 테네시 주립대학에는 커뮤니케이션학과가 없었다. 그래서 대신에 화법과 드라마를 전공했다. 이 시기에는 많은 일들이 온 나라의 대학캠퍼스 안에서 벌어졌다. 바야흐로 격변의 시기였다. 많은 아프리카계 미국인 학생들은 사회가 그들을 부당하

오프라는 내슈빌의 이스트 고등학교에서 분주하면서도 즐거운 상급반 생활을 즐겼다.

게 대우한다고 생각했다. 그들 중 수백 명의 학생들은 블랙팬서[*]라는 단체에 참가했다. 그들은 흑인의 의식을 일깨우기를 원했고, 자신들의 목표를 달성하기 위해서라면 투쟁적이고 심지어 극단적인 전술까지도 이용하는 것을 마다하지 않았다.

오프라는 1970년대 초의 다른 많은 아프리카계 미국인 학생들이 느낀 분노와 투쟁의식을 공유하지 못했다.

그러나 그들의 투쟁철학은 오프라의 세계관과는 어울리지 않았다. 그녀도 자신의 유산에 자긍심을 느끼고 있었지만 다른 학생들처럼 분노가 느껴지지는 않았다. 그리고 자신이 차별을 경험했던 것처럼 생각되지도 않았다. 그로 인

[*] Black Panthers : 1965년에 결성된 미국의 급진적인 흑인결사. "흑인의 강인함과 존엄을 표현하기에는 검은 표범이 가장 알맞다"는 민권운동가이자 흑인민족주의자인 스토클리 카마이클(Stokely Carmichael : 1941～1998, '블랙 파워'라는 말을 만들어 냈고 미국 흑인들에게 비폭력 저항을 버리고 더 급진적이고 혁명적인 전술을 채택할 것을 촉구하는 한편 범아프리카주의를 주창했다)의 말에서 유래된 결사의 이름이다. 흑인사회의 자결권, 완전고용, 병역의 면제, 공정한 재판 등의 요구를 내걸었으며, 경찰과 대항하기 위해 흑인의 무장을 외치기도 했다.

해 그녀는 다른 많은 학생들과 사이가 멀어지게 되었다. 그녀는 이렇게 언급했다.

"대학 동급생들은 내게 화를 냈어요. 내가 당시의 투쟁적인 사고를 따르지 않는다고요."[9]

오프라는 드라마학과의 공부에만 신경을 쏟았다. 두고 두고 잊지 못할 한 작품에서 그녀는 마틴 루터 킹(Martin Luther King, Jr.)의 아내 코레타 스콧 킹(Coretta Scott King)의 역할을 맡아 연기했다.

대학 신입생 시절에 그녀는 니그로 엘크스 클럽(Negro Elks Club)에서 후원하는 '미스 블랙 내슈빌 대회(Miss Black Nashville Pageant)'에 참가했다. 그녀는 자세나 미모에서 뿐만 아니라 세련되고 극적인 낭독법에서 심사위원들의 표를 얻었다. 그 미인대회의 우승자로서 오프라는 '미스 블랙 테네시 대회(Miss Black Tennessee)'에 출전할 자격을 얻었다.

역시 미인대회 수상자인 다른 흑인 여성 6명도 그 대회에 참가했다. 오프라는 고전적인 아름다움과 밝은 피부색을 가진 다른 경기 참가자들 중 누군가가 수상의 영예를 안을 거라고 확신했다. 이전에 그녀는 이렇게 말한 적이 있었다.

"자라면서 나는 피부색이 밝으면 밝을수록 더 좋다고 생각했어요."[10]

놀랍게도 심사위원들은 오프라에게 표를 던졌다. 부상은 그녀의 대학교육에 도움이 될 장학금이었다.

오프라는 대학 캠퍼스의 정치적 풍조에는 여전히 관계하지 않았다. 그런데 1960년대 후반에서 1970년대 초에 이르는 혼란스런 시대 상황은 정부 정책에도 일대 변화를 가져왔다. 대학생들이 앞장서 이끌었던 인종 소요의 결과로 아프리카계 미국인들은 교육 현장이나 일터에서 더 많은 기회를 가질 수 있게 되었다.

그 일환으로 탄생한 '소수계 우대정책(Affirmative Action)'이라는 새로운 정부 정책은 여성을 포함한 소수민족을 고용하는 기업에 재정적 인센티브를 제공함으로써 기업들이 정부 정책을 지지하게 했다. 오프라는 사회 변혁을 위해 일한 항의자들과 행동을 함께 하지는 않았지만, 이제 그 행동주의자들의 덕을 보는 입장에 서게 되었다.

| 제5장 |

채 널 변 경

내슈빌의 WTVF 방송국의 한 간부는 윈프리가 라디오에서 뉴스 원고를 읽는 것을 들었을 때 그 젊은 대학생이 '소수계 우대정책'의 두 가지 요건을 동시에 만족시킨다는 생각이 떠올랐다. 아무튼 그녀는 아프리카계 미국인이었고, 그리고 여성이었다. 그는 윈프리에게 오디션을 제안했다.

아직 대학 2학년생이었던 윈프리는 긴장하지 않을 수 없었다. 라디오 방송국 마이크 앞에서야 편안하게 이야기할 수 있었지만 카메라 앞에는 아직 서 본 경험이 없었다. 윈프리는 자신의 스타일대로 하기보다 유명한 여성 뉴스 진

소수계 우대정책

1964년에 미국은 '소수계 우대정책'을 시행했다. 그 정책의 목적은 수십 년 동안 소수민족과 여성들을 차별해온 것을 보상하는 데 있었다. 연방정부에서 기금을 받는 학교나 기업에서는 그들의 학교에 일정수의 소수민족 학생들을 입학시켜야 하며, 또 그들의 기업에 일정수의 소수민족 종업원들을 고용해야 했다. 만약 이 규칙을 지키지 않으면, 그들은 연방정부 기금을 받을 수 없었다. 이것은 할당제도라고 불렀다. 1972년에 '기회균등고용법(Equal Employment Opportunity Act)'을 기반으로 이 정책을 집행할 위원회가 구성되었다. 1970년대 말에 이르러 어떤 사람들은 '소수계 우대정책'에 따른 할당량이 오히려 역차별을 조장하고 있다고 주장했다. 1979년에서 1991년 사이에 이 할당제도에 반대하는 몇 건의 소송사건들이 연방대법원에서 논의되었다. 2003년에 연방대법원은 교육기관들이 구체적인 할당량을 지정하지 않는 한 학생들의 입학허가 요건으로 인종을 계속 고려하도록 판결했다.

행자이자 그녀의 우상 중 한 사람인 바바라 월터스(Barbara Walters)처럼 진행하기로 마음먹었다. 윈프리는 월터스처

럼 다리를 꼬고 앉아서 그녀의 말투를 흉내냈다.[1]

이번에도 윈프리의 전략이 효과가 있었는지 그녀는 일자리를 얻을 수 있었다. 하지만 그녀는 방송국이 그런 존경받는 지위를 그녀에게 준 것에 대하여 어떤 환상도 품지 않았다. 그들이 '소수계 우대정책'의 지침에 따르는 한 방편으로 그녀를 고용했다는 사실을 잘 알고 있었기 때문이다. 나중에 그녀는 그 행운에 대해서 곰곰이 생각해 보고 이렇게 말했다.

"확실히 나는 하나의 상징이었어요."

뉴스 진행자로서의 그녀의 재능 때문이 아니라 자신이 흑인여성이기 때문에 고용되었다는 의미였다. 그리고 나서 그녀는 덧붙여 말했다.

"하지만 행복한 상징이었지요."[2]

1976년에 윈프리의 삶에는 빛나는 가능성들이 넘쳐나고 있었다. 처음에 그녀는 주말에만 일하는 조건으로 채용되었다. 하지만 그 방송국의 보도국장인 크리스 클라크(Chris Clark)가 윈프리를 돌보아주면서 그녀에게 보다 중요한 일이 맡겨졌다. 그녀는 이제 매일밤 노련한 뉴스 진행자인 해리 채프만(Harry Chapman)과 공동으로 뉴스를 진행하게 되었다.

바쁜 일정 속에서도 윈프리는 대학 생활을 게을리하지 않았다. 그녀는 테네시 주립대학에서 졸업에 필요한 논문만을 남겨놓은 상태였으므로 졸업을 꼭 하겠다는 의지를 불태우고 있었다. 그때 뿌리치기 어려운 기회가 찾아왔다. 그녀는 대학을 마쳐야 할지 아니면 경력면에서 다음 단계로 올라서야 할지 결정해야만 했다.

전국의 방송시장에서 10번째로 큰 규모를 갖고 있는 메릴랜드주의 볼티모어에 있는 WJZ-TV 방송국에서는 새로운 인재를 찾고 있었다. 그들은 내슈빌 방송국에서 윈프리를 보고나서 그녀에게 일자리를 제안하는 연락을 취해 왔다. 그들의 제안을 받아들인다는 것은 대학을 졸업하기 전에 학교를 떠나야 하는 것을 의미했다. 윈프리는 그 제안을 받아들여서 ABC 방송국 계열사인 WJZ-TV에 입사하기로 결정했다.

윈프리의 생각으로는 그것이 내슈빌을 떠날 더할 나위 없이 완벽한 기회였다. 그녀는 이미 텔레비전 앵커로 일한 경험이 있었다. 그리고 이제 아버지의 엄격한 통제에서

윈프리가 텔레비전 방송국의 뉴스진행자로 발탁되었을 때 그녀는 아직 대학생 신분이었다.

도 벗어날 때였다. 윈프리는 자신이 성인이 될 준비가 되어 있다고 생각했다. 그녀는 볼티모어에서 기회를 잡아서 그곳에서 유명해지고 싶었다.

동쪽 연안에 위치한 볼티모어는 내슈빌보다는 더 복잡하고 세련되었으며 빠르게 돌아가는 역동적인 도시였다. 윈프리가 이직을 하는데 동의한 뒤에 그 방송국에서는 그녀의 도착에 대한 시청자들의 기대감을 높이는 방법으로 도시에다 온통 '오프라가 뭐 하는 사람이야?' 라고 씌어진 광고판을 붙였다.

높은 기대감에도 불구하고 22살의 윈프리는 새로운 도시에 쉽게 정을 붙이지 못했다. 그녀가 볼티모어에서의 생활을 좋아하게 되는 데에는 꼬박 1년 이상의 시간이 걸렸다. 그녀는 이렇게 회상했다.

"처음에는 시내중심가를 보고 너무 풀이 죽어서 내슈빌에 계신 아버지에게 전화를 해서는 와락 울음을 터트렸어요."[3]

오프라는 아버지의 엄격한 통제에서 벗어날 준비가 되었다고 생각했다.

윈프리는 존경받는 그녀의 직업에서 새로운 도전들에 직면해야 했다. 평일 밤마다 그녀는 볼티모어에서 10년 이상 앵커를 맡고 있는 경험 많고 노련한 텔레비전 기자 출신인 제리 터너(Jerry Turner)와 함께 뉴스 진행을 하게 됐다. 터너가 전문가적인 태도로 능숙하게 뉴스를 전달하는 반면에 윈프리는 뉴스를 전달하면서 종종 감정에 휩쓸렸고 이따금 비극적인 내용들에 한탄을 쏟아내기도 했다.

얼마 지나지 않아 텔레비전 방송국 간부들은 그 공동 앵커팀이 제 기능을 다하지 못한다는 것을 깨달았다. 윈프리는 방송 뉴스 일에는 적합하지 않았다. 그들은 리포터로 그녀를 시험해 보았으나, 그녀는 그 일에도 적당하지 않았다. 윈프리는 이렇게 말을 꺼냈다.

"내가 뉴스 리포터로서 성공하지 못한 건 내 솔직한 성격 때문이었어요. 취재를 하러 나가서도 난 늘 아주 솔직하게 행동했어요. 그들은 화재로 아이들을 잃은 부모들이었는데 화재현장에서 만난 그들에게 뉴스 리포터인 제가 이렇게 말했어요. '괜찮아요. 저에게 일일이 다 얘기하실 필요는 없어요.'"[4]

방송국 간부들은 그녀의 친근하고 인간적인 접근법이 마음에 들지 않았지만, 이미 윈프리와 2년 계약을 마친 상태였다.

"어리둥절했죠. 그때까지 난 별 어려움 없이 목적을 달성해왔으니까요."[5]

그때까지 윈프리의 진로는 성공을 향한 매끈한 활주로와 같았다.

설상가상으로 방송국 간부들은 윈프리가 외모를 바꿔야 한다고 고집했고 그녀를 뉴욕으로 보내서 머리 모양을 바꾸게 했다. 그들은 당시에 유행하고 있던 헤어스타일인 그녀의 타고난 둥근 아프로 머리 모양을 그녀가 고수하는 것을 원치 않았다.

하지만 새로운 헤어스타일은 끔찍했다. 머리카락을 곧게 펴려고 거친 화학약품을 장시간 바르고 있었던 탓에 윈프리의 머리카락 대부분이 탈모현상을 보였다. 몇 개월 뒤에 그녀는 가발을 착용했지만, 그것도 그녀의 자신감을 끌어올리는 데 별 도움이 되지 않았다. 윈프리는 그 일 덕분에 외모만 가지고 자기 자신을 평가해서는 안 된다는 교훈을 깨달았다고 한다.

같은 시기에, 외로움과 실망감이 그녀의 유일한 벗인 것만 같았던 때에 윈프리는 새로운 친구, 게일 킹(Gayle King)을 만나게 됐다. 그녀는 WJZ-TV 방송국의 조연출이었다. 거센 눈보라가 몰아친 어느날 밤에 윈프리는 게일에게

윈프리의 솔직함과 감정이입에 능한 점은 뉴스 진행자에게는 불리한 성격이었지만
토크쇼 진행자에게는 완벽한 자질이었다.

자신의 집에서 하룻밤 묵고 갈 것을 권했다. 윈프리는 자신의 아파트가 정거장에서 더 가깝다는 이유를 들었다. 당시 게일은 정거장에서 56킬로미터쯤 떨어진 곳에서 살고 있었다. 두 여자는 곧 의기투합하였고, 밤새도록 이야기를 나눴다.[6]

그날 이후로 그들은 절친한 친구가 되어서 매일 밤 전화로 수다를 떠는 사이가 되었다.

"내게 일어난 온갖 일들에도 불구하고 그녀와 이런저런 이야기를 나누면서 매일 밤 크게 웃었어요. 그녀 덕분에 나는 정신적으로나 감정적으로 완전한 안정을 되찾을 수 있었어요."[7]

봄이 돌아오면서 전국적인 방송망을 가지고 있는 그 방송사에서는 빌 베이커(Bill Baker)를 새로운 사장으로 임명했다. 그의 임무 중에는 공전의 히트를 치고 있는 필 도나휴가 진행하는 전국적 토크쇼인 '도나휴 쇼'와 경쟁할 수 있는 지역 토크쇼를 제작하는 일도 들어 있었다. 베이커는 '피플 아 토킹(People Are Talking)'이라는 토크쇼를 개발해서 윈프리에게 리처드 쉐어(Richard Sher)와 함께 그 쇼의 공동 진행자로 나서줄 것을 요청했다. 그들은 보도 가치가 있고 함께 공유할 만한 흥미로운 이야기를 지닌 평범한 사

게일 킹(위)과 오프라는 곧 절친한 친구 사이가 되었다.

> "아, 감사합니다. 내가 해야 할 일을 찾았어요. 내겐 이 일이 마치 숨을 쉬는 것처럼 편안하게 느껴져요."

람들 뿐만 아니라 잘 알려진 명사들도 인터뷰할 계획이었다.

'피플 아 토킹'은 윈프리에게도 잘 맞는 옷이었다. 윈프리는 자신에게 꼭 맞는 자리를 찾았다고 생각했다.

"첫 번째 쇼를 끝마치는 순간에 생각했어요. '아, 감사합니다, 내가 해야 할 일을 찾았어요. 마치 숨을 쉬는 것처럼 이 일이 편안하게 느껴져요.'"[8]

시청률로도 윈프리가 그 쇼에 안성맞춤이라는 것이 입증됐다. 그 방송은 시청률의 급상승으로 대성공을 거뒀다. 볼티모어에 거주하는 여성 시청자들은 여러 해 동안 인기가도를 달리던 '도나휴 쇼'에서 '피플 아 토킹'으로 채널을 돌렸다.

윈프리의 시청률이 처음으로 필 도나휴의 시청률을 넘어섰을 때 그녀는 만족과 함께 기쁨을 느꼈다. 그녀는 이렇게 털어놓았다.

"필 도나휴를 좋아하지만, 그를 이겨서 기분이 좋은 건 부인할 수 없어요. 아주 오랜 시간 동안 나는 사람들에게서

낮 시간대 토크쇼

초기의 텔레비전 토크쇼는 콜인 프로그램(call-in : 라디오 방송의 청취자 전화 참가 프로그램-옮긴이)과 비슷한 점이 많다. 첫 번째 낮 시간대 토크쇼는 1952년 1월 14일에 NBC-TV에서 처음 등장했다. 그것은 '투데이 쇼(Today Show)'라는 프로그램으로, 라디오에서 명성을 쌓은 데이브 개러웨이(Dave Garroway)가 진행을 맡았다. 필 도나휴(Phil Donahue)도 '도나휴 쇼(Donahue Show)'를 진행하기 전에 오하이오주의 데이튼에서 라디오 콜인 토크쇼를 진행했었다. 도나휴의 텔레비전 쇼는 1967년에 볼티모어에서 지역 방송으로 시작되었고, 1970년부터 1996년까지는 전국 방송으로 확대되었다. 그는 마이크를 들고 스튜디오를 성큼성큼 걸어다니면서 방청객들의 참여를 유도했다. 도나휴의 쇼는 종종 과감한 주제들을 파고들었다. 1986년에 윈프리가 전국적으로 자신의 토크쇼를 직접 판매하는 성공을 올렸을 때 그녀는 도나휴의 전례를 따라서 "어떤 비평가들은 텔레비전을 '쓰레기'라고 칭했다"라는 주제로 방송을 하기도 했다.

'예, 당신 잘 하던데요. 하지만 어디 당신이 도나휴랑 같겠어요?' 라는 말을 들으면서 일을 해야 했으니까요."[9]

토크쇼 진행자로서 윈프리는 화려한 성공을 거두고 있었지만, 사생활에서는 불행의 구렁텅이에 빠져 있었다. 그녀는 4년간 교제해 오던 사람이 있었다.[10] 1981년에 그 관계가 깨졌을 때 윈프리는 비탄에 잠겼다. 그녀는 방송국에 몸이 아파서 3일 연속 결근한다는 전화를 걸고서 친구 게일에게 보낼 유서를 썼다. 하지만 윈프리는 유서를 게일에게 보내지도 않았고 자살도 시도하지 않았다. 몇 년 뒤에 어려웠던 그 시기에 대해서 기자에게 이야기할 때 윈프리는 그 유서가 심각한 것은 아니었다고 말했다. 그럼에도 불구하고 부정할 수 없는 사실은 그 당시가 그녀의 인생에서 감정적으로 큰 혼란을 겪고 있던 시기였다는 점이다.

윈프리는 폭식으로 아픔을 달랬다. 기분을 좋게 하고 텅 빈 마음을 채우기 위해서 음식에 의지하는 바람에 그녀는 20킬로그램 이상 몸무게가 증가하게 됐다.

"음식은 내게 안도감과 위안을 의미했어요. 그리고 사랑을 의미했지요."[11]

체중이 급격히 불어났지만 그녀는 힘겨웠던 어린시절의 상처에서 벗어나는 데 도움이 된 그 결단력을 발휘해 절망의 구렁텅이에서 빠져 나와서 미래를 바라볼 수 있었다.
계속 앞으로 나아갈 때였다.

제6장

자신의 이름을 걸고

1984년 가을에 서른 살의 윈프리는 볼티모어에서 최고의 시청률을 자랑하는 토크쇼의 공동 진행자로 6년째 일하고 있었다. 이제 그녀는 변화를 몹시 갈망했다. 자신의 능력도 충분히 발휘하고, 어긋난 그녀와 연인 사이에도 물리적으로 거리를 두고 싶었다. 윈프리는 더 큰 도전에 응하고 싶었다.[1] 일리노이주의 대도시인 시카고의 WLS-TV 방송국에서 '에이엠 시카고(A.M. Chicago)'라는 쇼를 시작한다는 얘기를 들었을 때, 윈프리는 오디션에 참가할 만반의 준비가 돼 있었다.

시카고는 겨울철 동안 미시건 호수에서 불어오는 몹시

세찬 바람 때문에 '바람의 도시'라는 애칭으로 불린다. 그리고 시카고는 큰 인기를 끌고 있는 '필 도나휴 쇼'가 제작되는 곳이기도 했다. 하지만 거친 날씨와 치열한 경쟁도 윈프리를 막을 수는 없었다. 그녀는 이것이 엄청난 기회라고 생각했고, 그래서 노동절 휴일(9월의 첫 월요일—옮긴이)에 면접을 보러 시카고로 날아갔다.

도착하자마자 윈프리는 혼잡스런 시카고의 분위기에 왠지 정이 갔다.

"이 도시에 발을 들여놓고서 단지 길을 따라 걸었을 뿐인데 정신적 고향이랄까, 마치 우리 조상들의 땅 같은 느낌이 들더라고요."[2]

WLS 방송국에 도착한 뒤 윈프리는 오디션 테이프에 준비된 내용을 그대로 낭독하기보다는 그녀의 인생과 다른 많은 주제들에 대해서 그냥 자연스럽게 이야기하는 형식을 택했다. 방송국장 데니스 스완슨(Dennis Swanson)이 그 테이프를 검토했는데 그는 그녀의 편안함과 자신감에 깊은 감명을 받았다. 그날 오후에 그는 윈프리에게 토크쇼 일을 제안했다.

윈프리는 아침 토크쇼의 진행자로서 칭송받는 지위를 원하긴 했지만, 무조건적으로 그 제안을 받아들이지는 않앉다. 그녀는 과거에 어떤 일이 있었는지 잊지 않았다. 그때에 그 방송국 간부들은 그녀의 이미지를 바꾸려고 했었고, 그 결과는 비참했었다. 그래서 그녀는 또다시 같은 취급을 당할까봐 겁이 났다.

그녀는 스완슨에게 자신의 외모를 바꾸기 위해서 아무것도 하지 않겠다는 점을 분명히 밝혔다. 오디션 뒤 가진 만남에서 데니스 스완슨은 충분히 만족스럽지만 한 가지 걱정되는 점이 있다고 말을 꺼냈다.

"체중은 줄이겠어요." 윈프리가 즉시 말했다.

"아니요. 지금 그대로 괜찮소. 나는 단지 당신이 유명인이 되는 것에 어떻게 대처할지 걱정할 뿐이오."

스완슨이 대답했다.[3] 이것이 바로 윈프리가 듣고 싶었던 말이었다.

처음에는 매스컴 전문가들은 윈프리의 매력을 낙관적으로 평가하는 스완슨의 의견에 동의하지 않았다. 사실 그들은 일류 방송에서 그녀가 승산이 없을 거라고 생각했다. 특히나 강한 인상을 주는 도나휴에 맞서야 한다면 더더욱 승산이 없었다. 지나치게 뚱뚱한데다 거의 무명에 가까운 아프리카계 미국인 여성이 도나휴가 잘 닦아놓은 홈그라운드에서 어떻게 성공할 수 있겠는가?

> "지금 그대로 괜찮소. 나는 단지 당신이 유명인이 되는 것에 어떻게 대처할지 걱정할 뿐이오."

눈같이 새하얀 머리카락에 잘생긴 외모를 가진 도나휴는 그의 낮 시간대 인기 토크쇼를 16년째 진행해 오고 있었다. 그는 상대의 생각을 자극하는 원숙한 진행 방식으로 미국 전역의 가정주부들의 마음을 사로잡았다.

하지만 윈프리는 오래지 않아 비관론자들이 틀렸고 스완슨이 옳았다는 것을 입증해 보였다. 그녀는 순식간에 인기인이 되었다. 불과 4주 뒤에 동시간대에서 그녀의 토크쇼 시청률 순위는 끝자리에서 1위로 올라섰다. '도나휴 쇼'는 졸지에 2위 자리로 밀려났다. 그러자 매스컴 전문가들은 재빨리 그들의 태도를 싹 바꿨다.

급상승한 시청률 덕분에 1년 뒤 '에이엠 시카고'는 '오프라 윈프리 쇼(The Oprah Winfrey Show)'로 개명하게 되었다. 그 다음해에 그 쇼는 전국 방송을 시작해서 전국적으로 최소한 135개의 방송국들에서 방영되었다.

윈프리는 그녀의 이름을 걸고 텔레비전 쇼를 진행하게 되었을 뿐만 아니라, 시카고 방송국은 그녀의 급료도 대폭

필 도나휴는 오프라 윈프리가 토크쇼에서 성공을 거두기 전까지 텔레비전 토크쇼의 1인자였다.

인상해 주었다. 이때부터 그녀는 자선사업에 많은 돈을 기부하기 시작했다. 그리고 그것은 윈프리가 살아가는 동안 계속 될 그녀의 행동 방침이 되었다.

윈프리가 후원한 최초의 사업 중 하나는 빅시스터회(Big Sister : 고아, 불량소녀 등을 선도하는 언니 구실을 하는 여자─옮긴이)를 만든 일이었다. 그녀는 쇼의 여성 스태프 몇 사람에게 시카고의 저소득자용 주택단지에서 사는 24명의 소녀들에게 좋은 조언자로서의 역할을 맡아하도록 권했다. 그들은 정기적으로 만나서 도서실에도 가고, 또다른 날에는 영화도 보고 함께 쇼핑도 갔다.

윈프리는 그 소녀들이 건전한 자부심을 갖도록 도와서 10대에 임신하는 것을 막고 학교 공부에 전념하여 졸업을 하고 세상에 나가서 떳떳한 위치를 차지할 수 있기를 바랐다. 그녀는 시간이나 금전적인 면에서는 관대했지만, 아이들에게는 엄격하게 대했다. 그녀는 아이들에게 말했다.

텔레비전 방송국의 임원인 로저 킹(Roger King)(왼쪽)과 조셉 아헌(Joseph Ahern)이 기쁜 표정으로 오프라와 함께 '오프라 윈프리 쇼'의 전국방송 결정을 발표하고 있다.

"위대한 일을 하고 싶다고 나한테 말 안 해도 돼. 그리고 아직도 남자애한테 안 된다고 말하지 못하겠다고 말하지도 말고. 사랑하고 끌어안을 걸 원해? 그럼 나한테 말하도록 해, 내가 강아지를 한 마리 사줄 테니까!"[4]

윈프리는 또한 소녀들을 돕는 일에 있어서도 현실적이었다. 자신의 어린시절의 경험 때문에 그녀는 그들이 빈곤을 극복하려고 애쓰는 것이 얼마나 어려운 일인지 잘 알고 있었다. 그녀는 24명의 소녀들 중에서 2명만이라도 역경을 이겨낼 수 있다면 다행이라고 생각했다.[5]

윈프리가 다른 사람들을 도울 수 있는 것은 그녀의 명성 있는 직업이 갖는 특전 중 하나였다. 또 하나의 특전은 명사들과 교제할 수 있는 것이었다. 솔직함과 열정을 트레이드마크로 그녀는 전 비틀스 멤버 폴 매카트니를 포함하여 노련한 여배우 샐리 필드(Sally Field), 유명한 모타운(Motown : 디트로이트시의 흑인 레코드 회사—옮긴이)의 음악가 스티비 원더(Stevie Wonder), 텔레비전 스타 캔디스 버겐(Candice Bergen), 그리고 슈퍼모델 크리스티 브링클리(Christie Brinkley)와 같은 유명인들을 인터뷰했다. 게다가 그녀의 현명하고 성실한 조언자인 텔레비전 뉴스 앵커 바바라 월터스와, 아프리카계 미국인 작가 마여 앤젤루(Maya

Angelou)도 인터뷰했다.

인터뷰 이후로 윈프리와 앤젤루는 곧 다정한 친구 사이가 되었고, 그들의 우정은 해가 거듭되면서 점차 돈독해졌다.

하지만 윈프리 쇼에서 항상 유쾌한 분위기만 볼 수 있었던 것은 아니다. 그녀는 진지한 문제들도 다뤘고 논쟁의 대상인 사람들을 게스트로 초대해 인터뷰하기도 했다. 1985년에는 인종차별 단체인 큐클럭스클랜*)의 일원이었던 여성들을 초대해 이야기를 나눴다. 그 단체가 흑인과 유대인, 그리고 그 밖의 소수민족들을 증오하고 있는 것으로 알려져 있지만 윈프리는 토크쇼 내내 평정을 잃지 않았다.

하지만 인터뷰가 끝난 뒤에 그녀는 앞으로 자신의 토크쇼에서 인종차별주의자들이 그들의 생각을 이야기하는 것을 허용하지 않겠다고 결심했다.

윈프리는 시청자들이 함께 공감할 수 있는 감동적인 사

*) Ku Klux Klan : 미국의 비밀 테러 조직. KKK는 2개의 서로 다른 조직을 일컫는 말로서, 하나는 남북전쟁(1861~1865)이 끝난 직후에 설립되어 1870년대까지 계속된 조직이고, 또 하나는 1915년에 창단되어 현재까지 지속되고 있는 조직이다.

마여 앤젤루(Maya Angelou)

아프리카계 미국인 시인이자 작가인 마여 앤젤루는 1928년에 출생했다. 그녀는 작가로서 뿐만 아니라 정력적인 인권운동가로도 알려져 있다. 1959년에 앤젤루는 이미 마틴 루터 킹과 일하고 있었다. 1960년대 중반에 그녀는 〈아프리칸 리뷰(The African Review)〉와 〈아랍 옵저버(The Arab Observer)〉를 포함하여 아프리카에서 몇 종류의 신문을 발행하고 있었다. 앤젤루는 〈새장에 갇힌 새가 왜 노래하는지 나는 아네(I Know Why the Caged Bird Sings)〉와 〈모든 하느님의 자녀들에게는 여행 신발이 필요하다(All God's Children Need Travelling Shoes)〉와 같은 자전적 작품들로 잘 알려져 있다. 그녀의 저서 〈죽기 전에 내게 시원한 물을 꼭 주세요(Just Give Me a Cool Drink of Water Fore I Die)〉는 1991년에 퓰리처상 후보에 올랐다. 앤젤루는 1993년 빌 클린턴(Bill Clinton) 대통령의 취임식에서 〈아침의 고동(On the Pulse of the Morning)〉이라는 자작시 한편을 낭독한 일도 있었다.

연을 갖고 있는 보통사람들도 인터뷰했다. 이런 인터뷰를 통해서 시청자들은 자신들의 삶을 좀더 깊이 통찰할 수 있

마여 앤젤루(위)가 윈프리의 쇼에 출연한 뒤에 평생 동안 지속될 그들의 우정이 뿌리를 박고서
자라나기 시작했다.

는 기회를 가질 수 있었다. 인터뷰를 진행하는 동안 윈프리는 자신의 감정에 솔직하게 반응했기 때문에 이따금 깜짝 놀랄 만한 행동을 나타내기도 했다. 10대 가출소녀가 출연했을 때에는 자신의 혼란스러웠던 10대 시절을 떠올리고는 인내심을 잃고서 자신의 삶을 통제하지 못했다는 이유로 게스트로 나온 소녀를 꾸짖은 일도 있었다.

이지적으로 접근하는 도나휴와 달리 윈프리는 감정적으로 반응했다. 내슈빌의 방송국에서 이런 행동은 약점으로 판단되었지만 이제는 그것이 그녀의 강점이 되었다. 윈프리는 게스트들과 함께 울고 웃었다. 그녀가 숨김없이 솔직하면 솔직할수록 그녀의 인기는 더욱더 높아졌다. 그 이유가 무엇이라고 생각하는가라는 질문을 받았을 때 그녀는 이렇게 대답했다.

"방송 중에 내가 하는 행동과 노력하는 모습에서 사람들이 진실을 느끼는 것이 그 이유가 아닐까 싶네요."[6]

카메라 앞에서 윈프리는 편안하고 자신만만한 것 같이 보였지만, 집에 돌아가면 일에 대한 압박감이 그녀를 짓눌렀다. 그녀는 스트레스를 풀고 마음을 안정시키는 수단으로 예전의 습관으로 돌아가 음식에 눈을 돌렸다. 6개월 이내에 그녀는 10킬로그램 이상 체중이 불었다.

"나는 늘 이렇게 자랑했어요. '난 스트레스를 받아본 적이 없어.' 내가 스트레스를 받지 않았던 건 먹는 걸로 그것을 해결했기 때문이었죠."[7]

비록 윈프리의 체중이 전국의 타블로이드지−유명인과 관련된 선정적인 가십성 기사를 전문적으로 다루는 신문들−에서 악의적인 머리기사의 초점이 되긴 했지만, 시청률에서나 연예계의 다른 분야에서 성장할 기회를 얻는 데 그녀의 몸무게가 장애가 되지는 않았다.

방청객들과 함께 울고 웃는 사이에 그녀의 인기는 급상승했다.

31번째 생일 전날 윈프리는 인기 있는 심야 토크쇼인 '투나이트 쇼(The Tonight Show)'를 통해 전국적으로 출연하게 되었다. 당시 '투나이트 쇼'는 자니 카슨(Johnny Carson)이 진행을 맡고 있었다. 윈프리가 그녀의 쇼가 판매되는 도시들만이 아니라 온 나라에 모습을 보이게 된 것은 그때가 처음이었다.

　윈프리가 토크쇼에 출연했을 때, 바로 그날 밤 음반 제작자이자 음악가인 퀸시 존스(Quincy Jones)도 게스트로 출연했다. 그날 저녁 그 쇼에서는 아무런 일도 일어나지 않았지만, 존스는 윈프리를 곧 다시 보게 되었고, 그런 우연이 윈프리가 극적으로 새로운 경력을 갖게 되는 결과를 가져왔다.

제7장

〈칼라 퍼플〉에 대한 애착

1985년 겨울에 퀸시 존스는 비즈니스 여행차 잠시 시카고에 머물고 있었다. 호텔방에서 그는 텔레비전을 켜고 무심히 채널을 돌렸다. 별안간 그는 채널 돌리던 것을 멈추고 화면에 시선을 고정했다. 윈프리의 아침 토크쇼가 방송 중이었다. 그 순간 존스는 머릿속이 하얘지는 것 같았다. 윈프리야말로 스티븐 스필버그가 제작하고 있는 영화 〈칼라 퍼플(The Color Purple)〉에서 소피아(Sofia) 역으로 적역이었다. 그것은 앨리스 워커(Alice Walker : 토니 모리슨과 함께 미국 흑인문학을 대표하는 여성작가로 1982년 출간한 〈칼라 퍼플〉로 퓰리처상과 전미 도서상을 수상했다. -옮긴이)의 베스트셀러를 영화화할 작품이었다.

존스는 윈프리가 이미 워커의 작품을 대단히 높이 평가하고 있다는 사실을 알지 못했다. 1년 전에 그녀는 〈칼라 퍼플〉의 리뷰를 〈뉴욕 타임스〉에서 읽고서 그 즉시 지역 서점에 책을 주문했다. 책이 도착하자마자 그녀는 미친 듯이 읽어 내려갔고 그때부터 그것은 그녀가 가장 좋아하는 책 중 하나가 되었다. 그 작품에 큰 감명을 받은 윈프리는 책을 몇 권씩 사서 가까운 친구들에게 선물로 나눠주기까지 했다. 그녀는 이렇게 말했다.

"2년 동안 나는 그 책 이야기만 했어요."[1]

그런데 윈프리만이 그 책에 감탄하고 있었던 것은 아니었다. 〈칼라 퍼플〉은 퓰리처상 픽션부문상에 선정되었고 세계 20개국 이상의 언어로 번역되었다. 그리고 세계적으로 수백 만 권이 팔려나갔다.

처음 그 책을 읽었을 때 윈프리는 마치 자신이 소피아인 듯한 느낌이 강하게 들었다. 그리고 존스도 그 영화에서 소피아 역은 윈프리가 맡아 해야 한다고 생각했다. 소피아도 윈프리처럼 고통스러운 삶이 정신을 황폐하게 하도록 그냥 물러서 있지만은 않았다. 소피아는 남편 하포 (Harpo)(공교롭게도 오프라의 이름을 거꾸로 한)에게 부당하게

퓰리처상

1917년 이래 퓰리처상은 매년 예술과 문필, 언론 분야에서 뛰어난 공헌을 한 사람을 선정하여 수여되고 있다. 특별위원회에서 수상자를 결정하고 뉴욕시의 명문대인 컬럼비아 대학교 저널리즘대학원에서 그것을 발표한다. 퓰리처상은 헝가리계 미국인 기자이자 신문사 사주인 조지프 퓰리처(Joseph Pulitzer)에 의해 제정되었다. 퓰리처상을 수상했던 유명인사들에는 극작가 테네시 윌리엄스(Tennessee Williams : 〈욕망이라는 이름의 전차(A Streetcar Named Desire)〉와 〈뜨거운 양철 지붕위의 고양이(Cat on a Hot Tin Roof)〉로 수상−옮긴이)와 시인 로버트 프로스트(Robert Frost : 〈뉴햄프셔(New Hampshire)〉, 〈시선집(Collected Poems)〉, 〈더 넓은 곳(A Further Range)〉, 〈나무 위에서 보기(A Witness Tree)〉로 4차례 수상−옮긴이), 소설가 앨리스 워커, 그리고 저서 〈용기 있는 사람들(Profiles in Courage)〉로 영예를 안은 전직 대통령 존 F. 케네디(John F. Kennedy) 등이 있다. 퓰리처라는 이름은 종종 잘못 발음된다. 그것을 올바르게 말하는 방법은 "Pull it, sir"로 발음하는 것이다.

전국에 방송되는 텔레비전 쇼와 다가오는 영화 데뷔로 윈프리는 성공을 맛보고 있었다.

학대받는 삶 속에 빠져 있으면서도 여전히 아주 강하고 솔직한 모습을 잃지 않았다. 윈프리처럼 소설속의 소피아도 자신의 지혜를 다른 사람들과 함께 나눌 줄 알았다.

1주일 뒤에 퀸시 존스는 로스앤젤레스로 돌아갔다. 그리고 윈프리는 소피아 배역의 오디션을 받길 원하는지 묻는 퀸시 존스의 전화를 받았다. 윈프리는 곧 여행가방을 꾸려서 웨스트 코스트(West Coast) 스튜디오로 날아갔다. 그녀는 언제라도 도전에 맞설 준비가 되어 있었다.

그녀의 인생철학 – 문이 열리면 언제든 기회를 향해 나아가라 – 이 그녀가 그 배역을 얻기 위해 오디션에 참가할 수 있는 자신감을 주었다.

"누구나 자신의 행운을 만들어 낼 수 있어요. 그러니 기회가 다가오면 잡을 수 있도록 언제든 만반의 준비를 하고 있어야 해요."[2]

스티븐 스필버그는 오디션 테이프를 검토한 뒤에 사무실에서 윈프리에게 전화를 걸어 그녀의 연기력에 깊은 감명을 받았다고 전했다. 하지만 최종결정을 내리기 전에 다른 여배우들도 오디션을 해 봐야 한다는 점을 윈프리에게 알렸다.

윈프리는 희망에 부풀어 시카고로 돌아가서 우선 당면

한 문제들에 신경을 쏟았다. 그녀에게는 사회를 맡고 있는 텔레비전 토크쇼와 해결해야 할 체중문제가 아직 남아 있었다. 그녀는 여전히 스트레스를 음식으로 달래고 있었다. 단시간에 다이어트 효과를 보기 위해

> "누구나 자신의 행운을 만들어 낼 수 있어요. 그러니 기회가 다가오면 잡을 수 있도록 언제든 만반의 준비를 하고 있어야 해요."

서 윈프리는 건강농장－오로지 회원들의 체중감량이나 건강과 행복을 증진시키기 위해 도움을 제공하는 곳－에 등록해서 과체중을 줄이려고 했다.

그곳에 있는 동안에 그녀는 〈칼라 퍼플〉의 캐스팅 대행사로부터 감격적인 전화 한통을 받았다. 그녀가 소피아 배역을 맡게 되었다는 내용이었다. 캐스팅 대행사는 윈프리가 그 배역에 선정된 이유 중 하나가 그녀의 신체적인 특징, 즉 그녀의 체중 조건이 완벽했기 때문이었다고 설명했다. 캐스팅 대행사 간부는 그녀에게 당장 건강시설에서 나와서 영화촬영장에 나오기 전까지 감량된 체중을 본래 상태로 되돌려놓으라고 요구했다.

〈칼라 퍼플〉은 사우스캐롤라이나에서 8주 동안의 촬영

으로 제작되었다. 윈프리는 우피 골드버그와 데니 글로버와 함께 조연으로 출연했다. 〈칼라 퍼플〉은 1985년에 개봉되어 엇갈린 평가를 이끌어냈는데, 윈프리의 연기는 큰 찬사를 받았다. 〈뉴스위크〉의 비평가 중 한명인 데이비드 앤슨(David Ansen)은, 윈프리의 연기는 '대담성으로 만족을 주었다' 고 평했다.[3] 오로지 연예계 기사만 보도하는 주간 신문인 〈버라이어티(Variety)〉의 한 평론가는 "그 영화가 품위를 지킬 수 있는 건 배우들의 연기력 때문이다"라고 썼다. 그는 뛰어난 연기의 한 예로 '오프라 윈프리가 연기한 억센 소피아' 에 특별히 주목했다.[4]

그러나 〈칼라 퍼플〉은 격렬한 정치적 논쟁의 쟁점이 되었다. 많은 아프리카계 미국인 남성들은 그 영화가 아주 부정적인 측면으로 자신들을 묘사했다고 생각했다. 몇몇 흑인 저널리스트들은 성난 논조로 그 영화에 혹평을 가했다.

불만을 품은 영화 팬들은 자신들의 불쾌감을 알리려고 나섰다. 로스앤젤레스에서는 영화시사회 날에 수십

> 어릴 때 윈프리는 연기에 대한 꿈을 가졌다. 퀸시 존스는 그녀에게 그 꿈을 이룰 기회를 주었다.

윈프리는 〈칼라 퍼플〉의 소피아 역에 적역이었다.

명의 항의자들이 자신들의 주장을 적은 피켓을 들고 극장 밖에서 시위를 벌였다. 시카고에서는 수백 명의 아프리카계 미국인들이 진보적인 지역교회(Progressive Community Church)를 가득 메우고 〈칼라 퍼플〉이 자신들의 종족을 부정적으로 묘사한 것을 개탄했다.

윈프리는 〈칼라 퍼플〉이 잔인할 정도로 솔직한 영화였다는 의견에 동의하는 것으로 그런 비난들을 일축했다. 〈로스앤젤레스 타임스〉와 가진 인터뷰에서 그녀는 자신의 의견을 말했다.

"이 영화가 어떤 논쟁을 일으키는 것 같은데, 단지 흑인 남성들을 어떻게 대우했는가에 대한 비판만 듣는 데는 질렸어요. 가정에서 아내를 학대하고 여자들에게 폭력을 행사하고 아이들에게 성적 학대를 일삼는 문제에 대해서도 얘기해 봐야 하지 않겠어요."

윈프리는 덧붙여 말했다.

"그 책이 내게 미친 영향을 보세요. 또 그 영화가 성적 학대를 받은 다른 여인들에게 미치고 있는 영향을 보세요. 누구에게나 이런 일이 일어날 수 있다는 걸 알아야만 해요."[5]

세간의 분분한 의견에도 불구하고 많은 비평가들은 〈칼라 퍼플〉을 가장 좋아하는 올해의 영화 10 작품의 목록에 올렸다. 궁극적으로 그 영화는 상당한 양의 수익을 벌어들였고, 의상상에서 촬영상에 이르기까지 아카데미상 여러 부문에 후보로 선정되었다. 그리고 윈프리

어떤 영화 팬들은 〈칼라 퍼플〉에서 흑인 남성들이 묘사된 방식에 분개했다.

는 여우조연상 후보에 올랐다. 그 소식을 들었을 때, 그녀는 "내가 조커를 잡았군요!"라고 말하는 것으로 그녀의 첫 번째 영화 배역에 대하여 열렬한 애정을 드러냈다.[6] 그러나 많은 부문에 후보로 선정되었음에도 불구하고 〈칼라 퍼플〉은 단 하나의 오스카상도 수상하지 못했다.

1986년에 윈프리는 리처드 라이트*]의 소설을 영화화한 〈미국의 아들〉에서 작은 배역을 맡아 연기했다. 그러나 그 영화는 관객과 비평가 모두에게서 혹평을 받았다. 주인공 비거(Bigger)의 어머니 역을 연기한 윈프리도 이번에는 찬사를 이끌어내지 못했다.

*) Richard Wright : 1908~1960, 미국의 흑인 작가. 저서에는 남부의 인종적 편견을 그린 단편집 〈톰 아저씨의 아이들(Uncle Tom's Children)〉과 1940년에 발표한 사실적 소설 〈미국의 아들(Native Son)〉, 〈흑인소년(Black Boy)〉, 〈아웃사이더(The Outsider)〉 등이 있다.

윈프리는 아카데미상의 후보로 지명되었다는 소식을 듣고서 흥분을 감추지 못했다.

그럼에도 윈프리의 삶에서는 모든 것이, 심지어 로맨스까지도 깔끔하게 앞뒤가 맞아떨어지는 듯 보였다. 1986년 초에 윈프리는 사업가이자 비영리조직 '마약에 반대하는 운동선수들의 모임(Athletes Against Drugs)'의 설립자인, 훤칠한 키에 잘생긴 외모를 지닌 스테드먼 그래엄(Stedman Graham)을 만났다. 6개월쯤 그와 교제하고 난 뒤에 윈프리는 팬들에게 자신이 198센티미터의 스테드먼에게 푹 빠져 있다는 사실을 알릴 준비가 되었다.

　"내 쇼가 성공하는 것도 즐겁고 체중이 줄어드는 것도 멋진 일이지만 사랑을 하는 것과는 비교도 안 되죠."[7)

　윈프리는 아주 멋진 시간을 보내고 있었다. 그녀가 이룰 수 있는 것에는 한계가 없는 듯 보였다.

　"영화, 텔레비전, 토크쇼, 이 모든 일을 다 하고 싶어요……. 나는 내 가능성을 믿어요. 그러니 모두를 다 잘 해 낼 수 있을 거예요."[8)

제8장

빅비즈니스

오프라 윈프리 이전에 연예계에서는 겨우 2명의 여성만이 자신의 제작사를 소유하고 있었다. 한 사람은 1930년대부터 무성영화에서 인기를 구가했던 여배우 메리 픽포드(Mary Pickford)였고, 다른 한 사람은 희극배우이자 영화배우였던 루실 볼(Lucille Ball : 1911~1989)이었다. 1986년에 그런 연예계에서 윈프리는 자신의 스튜디오를 설립해서 영화와 텔레비전 토크쇼를 제작한 역사상 최초의 흑인 여성이 되었다.

윈프리는 제작사가 입주할 건물들을 매입하는데 1,000만 달러를 썼다. 시카고 시내중심가에서 그리 멀지 않은

"어떤 것도 사랑을 하는 것과 비교할 수 없어요." 윈프리는 새 남자친구 스테드먼 그래엄을 통해 찾은 새로운 행복에 대해서 이렇게 이야기했다.

곳에 위치한 그 건물들은 한 블록 전체를 차지하고 있다. 그곳에는 커다란 스튜디오 3개와 사무실, 몇 개의 영사실 그리고 널찍한 주방이 포함되어 있다. 천성적으로 완벽주의자인 윈프리는 그 건물들을 그녀의 설계대로 개조하는 데에만 다시 1,000만 달러를 들였다. 리모델링작업을 모두 끝마치는 데에는 시간이 걸리기 때문에 하포 스튜디오(Harpo Studio)는 공식적으로는 2년 뒤에 문을 열었다.

그 사이에 윈프리는 경영자로서의 새로운 역할에 바로 뛰어들었다. 대단한 독서 애호가인 그녀는 문학 작품들의 판권을 사들이기로 결정했다. 궁극적으로 그것들을 영화로 만들 생각에서였다. 그녀가 먼저 판권을 구입한 책들 중 하나가 토니 모리슨[1]의 소설 〈사랑하는 사람(Beloved)〉이었다. 그녀의 제작사는 또한 도로시 웨스트[2]의 〈결혼식(The Wedding)〉과 조라 닐 허스턴[3]의 〈그들의 눈이 신을 보고 있었다(Their Eyes Were Watching God)〉와 같은 다른 아프리카계 미국인 작가들 책의 판권도 확보했다.

* 1) Toni Morrison : 미국의 작가, 편집자. 1993년 노벨문학상을 수상했다. 흑인 사회에서 흑인 생활 체험(특히 흑인 여성들의 체험)을 소설화해 유명하다. 작품으로는 〈가장 푸른 눈(The Bluest Eye)〉, 〈술라(Sula)〉, 〈솔로몬의 노래(Song of Solomon)〉 등이 있다.

제작사의 발전 가능성은 무한한 것처럼 보였다. 윈프리는 막대한 자금과 엄청난 창조적 영감을 갖고 있었다. 그녀는 이렇게 말했다.

"회사는 우리가 원하는 만큼 성장할 거예요. 문제는 우리가 뭘 원하느냐에 달려 있는 셈이죠."[1]

그러나 영화사를 발전시키려는 꿈도 그녀가 갖고 있는 텔레비전 토크쇼에 대한 강한 애착을 줄어들게 하지는 못했다. 여전히 매 쇼마다 그녀의 열정과 애정을 쏟아부었고, 그와 함께 그녀의 인기도 날로 높아만 갔다. 1987년 5월에 '오프라 윈프리 쇼'는 9개월 이상 전국적으로 방송되고 있었다. 그리고 윈프리는 첫 번째 데이타임 에미상 최우수 토크쇼 진행자상 수상을 눈앞에 두고 있었다.

에미상은 아카데미상과 같은 것으로, 단지 영화 대신에 텔레비전 프로그램을 시상한다는 것이 다를 뿐이다. 같은

---

* 2) Dorothy West : 1901~1998, 미국의 흑인 소설가, 편집자, 저널리스트. '할렘 문예부흥'에 기여

* 3) Zora Neale Hurston : 1903~1960, 미국의 흑인 민속학자, 작가. 남부 시골 흑인거주지역의 목소리로 흑인 문화를 찬양한 '할렘 문예부흥'에 기여했다. 랠프 엘리슨과 토니 모리슨 같은 동시대 흑인작가들에게 영향을 끼쳤다.

1987년에 처음 받은 에미상 최우수 토크쇼 진행자상 트로피를 들고 밝게 웃음 짓는 윈프리

해에 윈프리는 에미상 최우수 토크쇼상과 최우수 토크쇼 감독상도 수상했다.

윈프리가 곧 받게 될 상이 하나 더 있었다. 바로 그녀의 대학 졸업증서였다. 끝마치지 않은 일을 처리해야 할 시간이라고 마음먹고서 윈프리는 테네시 주립대학에 재등록하여 졸업논문을 끝마쳤고, 마침내 대학 학위를 받을 수 있는 자격을 갖추었다. 대학에서는 윈프리에게 졸업식에서 연설을 해 줄 것을 요청했다.

졸업식 연설에서 윈프리는 아버지 버논 윈프리에게 경의를 표하고 테네시 주립대학의 학생 10명에게 장학금을 지원하겠다고 발표했다. 윈프리는 아버지가 교육의 중요성을 강조하고 그녀에게 격려를 아끼지 않아서 그녀가 열심히 공부하여 학교에서 좋은 성적을 올릴 수 있도록 이끌어 주었던 일을 결코 잊지 않고 있었다.

77,000달러에 달하는 각각의 장학금은 재정적 지원이 필요한 학생과 성적 우수 학생들에게 수여되었다. 장학금 수혜자들은 학과목에서 적어도 평균 B학점을 유지해야 했다. 윈프리는 지금까지도 매년 그 기금에 25,000달러를 기부하고 있다.

윈프리가 아낌없이 베풀 수 있었던 것은 다 재정적으로

견실해질 수 있는 결단을 내렸기 때문이었다. 하포 프로덕션을 설립하고 나서 불과 1년 뒤인 1988년에 윈프리는 ABC 텔레비전으로부터 그녀의 텔레비전 토크쇼 소유권을 사들였다. 이것은 앞으로 토크쇼의 방향에 대한 결정을 내리게 될 때 그녀가 누구에게든 변명을 하지 않아도 된다는 것을 의미했다. 그리고 자신의 스튜디오에서 '오프라 윈프리 쇼'를 제작할 수도 있게 되었다. 윈프리는 이제 자기 자신의 사장이 된 셈이었다.

윈프리는 상냥하고 관대한 경영자로 통하고 있지만 고용인들에게 많은 것을 요구하는 경영자로도 알려져 있다. 그런데 그녀의 이런 경영스타일이 직원들에게서 특별한 충성심을 불러일으키는 것 같았다.

"직원들은 그녀를 숭배할 정도입니다. 그들은 그녀를 위해서라면 자기들의 생활도 포기하죠……."[2]

토크쇼의 전 연출자 댄 샌토우가 말했다. 또다른 연출자 메리 케이 클린턴은 언젠가 이렇게 말했다.

"그녀를 위해서라면 난 총알이라도 맞겠어요."[3]

1988년에 윈프리는 국제 라디오 및 텔레비전협회가 수여하는 올해의 방송인상도 받았다. 그녀는 협회 역사상 명망 있는 상을 받은 가장 젊은 수상자였다.

부지런한 직원들의 도움을 받아서 윈프리는 새로이 제작에 착수할 준비를 갖췄다.

이번에는 글로리아 네일러*)가 쓴 책을 목표로 했다. 〈브루스터가(街)의 여인들(The Women of Brewster

> "그들은 그녀를 위해서라면 자기들의 생활도 포기하죠. 자신들의 시간과 열정을 모두 오프라에게 바치는 겁니다."

Place)〉이라는 그 책은 허구의 북부 도시에 있는 브루스터가의 몹시 황폐한 공동주택에 살고 있는 7명의 아프리카계 미국인 여성들의 이야기를 다루고 있다. 윈프리가 이 소설에 관심을 가지게 된 이유 중 하나는 그것이 아프리카계 미국인의 삶을 사실적인 방식으로 보여주고 있기 때문이었다.

〈브루스터가의 여인들〉에서는 아프리카계 미국 흑인들의 마을을 가족을 돌보고 이웃과 어울리며 자기 집과 가게를 꾸미는 활기 넘치는 곳으로 그리고 있다. 윈프리는 알

---

*) Gloria Naylor : 아프리카계 미국인 소설가, 〈브루스터가의 여인들〉로 '아메리칸 북 어워드' 수상. 저서에 〈린덴 언덕(Linden Hills)〉, 〈베일리의 까페 (Bailey' s Cafe)〉 등이 있다.

윈프리(중앙)와 〈브루스터가의 여인들〉의 출연 배우들.

고 있었다. 많은 백인들이 허구의 장소인 브루스터가 같은 동네가 실제로 존재함을 전혀 모른다는 사실을.

"자신의 제작사를 갖고 있어 좋은 점은 그런 마을을 실제로 드라마에서 보여줄 수 있다는 점이지요."[4]

〈브루스터가의 여인들〉의 제작은 1988년 4월에 시작되었고 이듬해에 ABC방송국에서 4부작 미니시리즈로 방영되었다. 윈프리는 7명의 여인들 중 한 명으로 첫 번째 주연을 맡았다. 그녀는 매티 마이클이라는 배역을 연기했다. 그 미니시리즈에 출연하는 다른 유명한 인기배우들에는 시실리 타이슨과 로빈 기븐스가 있었다.

〈브루스터가의 여인들〉은 엇갈린 평가를 받았지만, 윈프리의 인기 덕분에 꽤 많은 시청자들을 브라운관 앞으로 끌어들일 수 있었다. 윈프리의 팬들은 토크쇼에서만이 아니라 텔레비전 극에서도 그녀를 보고 싶어했다. ABC 방송국은 높은 시청률에 고무되어서 하포 프로덕션과 본래 제작키로 한 미니시리즈에 추가로 에피소드 13편의 제작을 계약했다.

하포 프로덕션은 추가 작품 제작에 1,000만 달러를 들였다. 그러나 엄청난 재정적 투자와 의욕적으로 공들여 제작했음에도 불구하고 비평가들은 그 시리즈에 혹평을 쏟아냈다. 단지 4편의 에피소드가 제작된 뒤에 ABC 방송국은 프로그램 자체를 취소해 버렸다. 윈프리는 실망했지만 그렇다고 의기소침해하지는 않았다. 그녀는 냉정하게 계약 취소를 바라보았다.

성공했든 실패를 했든 그녀는 시도할 수 있었던 자체만으로도 기뻤다.[5] 바로 뒤에 ABC 방송국은 하포 프로덕션과 텔레비전용 영화 4편의 제작 계약을 체결했는데 그 중 2편에서는 윈프리가 주연을 맡아 출연하는 것이었다.

그러는 동안에도 음식은 계속 윈프리에게 문제가 되고 있었다. 어느 순간 그녀는 엄격한 다이어트에 돌입하여서 사이즈 10(허리둘레 32인치—옮긴이)의 청바지를 입을 수 있을 만큼 체중을 감량하는데 성공했다. 1988년 11월에 그녀는 토크쇼 관객들 앞에 30킬로그램 가량의 동물 지방으로 꽉 찬 붉은색 손수레를 끌고 나타나 날씬해진 몸을 자랑해 보였다. 방청객들은 그녀에게 우레와 같은 박수갈채를 보내 주었다. 그러나 불과 몇 개월 뒤에 윈프리는 다시 예전 체중으로 돌아갔고, 오히려 이전보다 더 체중이 증가했다. 몇 년 동안 그녀의 체중 변화는 악의적인 타블로이드 신문 머리기사의 단골 소재가 되었다.

윈프리의 진취적인 시도는 다른 분야로도 확대되었다.

사이즈 10 청바지를 입은 그녀는 날씬해 보였고 또 만족스러워 보였다. 하지만 이것으로 윈프리의
살과의 전쟁이 끝난 것은 아니었다.

1989년에 하포 스튜디오의 리노베이션이 완료되어서 정식으로 문을 열게 되었을 뿐만 아니라 윈프리는 '이센트릭(The Eccentric)'이라는 레스토랑도 시카고에 개업했다. 그녀의 동업자는 레스토랑 경영자로 정평이 나 있는 리처드 멜먼(Richard Melman)이었다. 레스토랑은 이제 더 이상 영업을 하고 있지 않지만 한동안 시카고에서 가장 인기 있는 명소로 자리잡았다.

'이센트릭'은 독특한 곳이었다. 레스토랑의 실내는 거대한 공장 창고처럼 설계되었는데 다른 나라의 독특한 요리들을 맛볼 수 있는 몇 개의 구역으로 나눠져 있었다.

1989년 그해에는 좋은 일과 나쁜 일이 연속하여 일어났다. 조지아주 애틀랜타의 모하우스 칼리지(Morehouse College)는 윈프리에게 명예 박사학위를 수여했다. 그 대학의 학과 과정에 깊은 인상을 받은 윈프리는 재정적 지원을 필요로 하는 학문적으로 발전 가능성이 있는 학생들에게 학자금을 제공할 목적으로 '오프라 윈프리 장학기금'을 설립했다. 그녀는 먼저 100만 달러를 그 장학기금에 기부했다.

그 해는 슬픈 소식으로 막을 내렸다. 1989년 크리스마스를 3일 앞둔 날에 윈프리의 이복 남동생 제프리 리가 에이즈로 사망했다. 윈프리는 기자단에게 공식 성명서를 발표했다.

"우리 가족은 전 세계 수천 명의 사람들처럼 비탄에 잠겨 있습니다. 단지 한 젊은이의 죽음 때문만이 아니라 에이즈로 인해 사회에서 거부당해 실현될 수 없었던 많은 꿈들 때문입니다."[6]

제9장

새로운 주제

1990년은 새로운 10년의 시작일 뿐만 아니라 윈
프리의 토크쇼가 새로운 영역으로 도약하게 된 시기였다.
토크쇼 녹화 중 윈프리는 아동학대의 희생자였던 한 여성
을 인터뷰하고 있었다. 별안간 오래 전에 겪었던 자신의
비극적인 경험들이 섬광처럼 눈앞에 지나갔다. 감정에 사
로잡힌 채 그녀는 전 세계 시청자들에게 자신이 어린시절
성적 학대를 받았던 사실을 울음 섞인 목소리로 털어놓았
다.

이것이 윈프리에게는 전환기가 되었다. 수년간 그녀는
대중들에게 자신의 과거를 감추려고만 했었다. 이제 그녀

는 자신의 개인적인 이야기들을 끄집어냄으로써 다른 어린 희생자들이 용기를 내어 말을 하고 다른 이들의 힘을 빌어서, 바라건대 그들이 더 이상 학대받지 않도록 도울 수도 있다는 사실을 깨달았다.

"이제 이 세상에서 살아가는 동안 내 임무의 일부는 학대를 받고 있는 모든 아이들을 격려해서 이야기하게 만드는 거예요. 털어놓고 이야기해라. 사람들이 네 말을 믿지 않더라도 계속해서 이야기해라. 누군가 네 말에 귀를 기울일 때까지 사람들에게 이야기해야 한다."[1]

그때 이후로 윈프리는 그녀의 영향력을 아동학대의 희생자들을 돕는 데 이용했다. 1년 뒤인, 1991년 11월 1일에 윈프리는 워싱턴 D.C.로 날아가서 수많은 미 상원 법사위원회 위원들 앞에 서서 그녀의 마음에 고통스런 기억으로 자리잡고 있던 아동학대 경험담을 이야기했다. 그녀는 '전국아동보호법안'이 통과될 수 있도록 돕고 싶었다. 위원회 위원들에게 윈프리는 말했다.

"학대를 받은 경험이 있다면 어린시절을 잃게 됩니다."[2]

그 법안이 통과된다면, 그것은 다음과 같은 것을 의미하게 된다. 아이들과 관련된 일에 종사하는 사람들은 먼저 유죄로 결정된 아동학대자들의 자료가 들어 있는 전국적인 데이터베이스에서 확인해 볼 수 있게 되고, 그렇게 해서 아이들에게 고통을 준 이력을 가진 사람들은 누구든 절대 고용되지 못하도록 만들 수 있게 되는 셈이다.

처음에는 그 법안은 통과되지 못했다. 그러나 2년 뒤인 1993년 12월에 빌 클린턴 대통령이 '전국아동보호법안'에 서명함으로써 법률로 확정됐다. 그것은 '오프라 법안(Oprah bill)'이라는 닉네임으로도 통하는 데, 백악관에서 역사적인 서명 의식이 진행되는 동안 윈프리는 대통령 옆에 서 있었다.

그 뒤로도 윈프리는 계속해서 아이들에게 관심을 기울였다. 1991년에 그녀의 제작사에서는 ABC 방송국과 손잡고 마약이나 자존심과 같은 10대의 문제들을 다루는 방과후 특별프로그램의 제작에 착수했다. 그녀는 또한 시청률이 최고인 시간대에 방영될 〈무서운 침묵 : 아동학대 고발과 종식(Scared Silent : Exposing and Ending Child Abuse)〉이라는 영화도 제작했다. 이것은 윈프리의 지극히 개인적인 작업이었으므로 그녀 자신이 이렇게 이야기하면서 영화를 시작했다.

"저는 오프라 윈프리이고, 다른 수많은 미국인들과 같은 사람입니다. 저는 아동학대의 생존자입니다."

윈프리는 자신의 이야기를 솔직히 털어놓음으로써 그녀가 어린시절 경험한 학대로 인한 정신적 충격을 다른 아이들이 다시 겪는 일이 없도록 지키고자 했다.

한편 윈프리는 여전히 체중과의 전쟁을 벌이고 있었다. 1992년 그녀가 데이타임 에미상 최우수 토크쇼 진행자상을 받던 날에 윈프리는 체중이 그 어느 때보다도 가장 무거운 110킬로그램에 육박하고 있었다. 나중에 그녀는 시상식 내내 행복하다거나 영예롭다는 생각이 들기보다는 오히려 굴욕감이 들었다고 고백했다.

"내 생활도 조절하지 못하는 그런 낙오자가 된 느낌이었어요. 난 그 방에서 제일 뚱뚱한 여자였어요."[3]

다시 한번 윈프리는 자신의 과식 습관을 끊기로 결심했다. 에미상 시상식이 끝난 뒤에 윈프리는 곧 콜로라도주의 텔룰라이드(Telluride)에 있는 체중 감량에 적합한 온천장으로 달려갔다. 그녀가 개인 트레이너 밥 그린(Bob Greene)을 만난 곳이 바로 그곳이었다.

그는 그녀의 감정과 음식 사이에 상관관계를 고려해서 실제적인 도움을 준 첫 번째 사람이었다. 윈프리는 초조하고 두렵거나 긴장감이 넘쳐 지칠 때에는 언제나 마음을 가라앉히기 위해서 음식에 손을 뻗쳤다.

"나는 생각하려고 했어요. '난 다 먹었다, 다 먹었다, 다 먹었다.' 그러면 점점 마음이 가라앉았어요."[4]

1993년까지 그녀는 몸무게를 67킬로그램까지 감량했

다.

그린은 지금도 윈프리의 식이요법과 체력관리에 대한 조언자 역할을 한다. 그리고 윈프리는 다이어트에 대한 조언이나 자극을 받기 위해서 여전히 그린에게 의지한다. 그들은 한 팀을 이뤄 아주 만족스럽게 작업하고 있다. 윈프리는 그린과 함께 베스트셀러 책을 공동집필하기도 했다. 그것은 〈상관관계를 생각하라: 더 나은 몸매와 더 나은 삶을 위한 10단계(Make the Connection : Ten Steps to a Better Body and a Better Life)〉라는 책으로, 그들의 첫 번째 공저(共著)는 2백만 권 이상의 판매고를 올렸다.

그린이 윈프리를 돕는 데 이용했던 또 하나의 방법인 '상관관계 생각하기'는 그녀의 경쟁심 강한 기질을 이용하는 것이었다. 그린의 지도와 격려로 윈프리는 잠자리에서 일어나 매일 적어도 13킬로미터씩 규칙적으로 달릴 수 있었다.

"나를 분발시키고 싶으면 밥은 내가 달리고 있을 때 이렇게 말해요. '분홍색 옷 입은 저 여자 보여요? 따라 잡을 수 있을까.' 그러면 난 죽을 힘을 다해 뛰어서 그 여자를 앞지르죠."[5]

사실 윈프리는 자신의 인생에 대해 확신과 영향력을 갖

고 있다고 생각했다. 1992년 11월에 스테드먼이 그녀에게 청혼을 했을 때 그녀는 그것을 받아들였다. 두 사람은 이 듬해 9월로 결혼식 날을 잡았다.

그것이 그들이 제휴한 유일한 작업은 아니었다. 그 무렵에 윈프리는 시카고 주택단지의 삶을 그리는 ABC 방송국의 텔레비전 영화 〈이곳에는 아이들이 하나도 없다(There Are No Children Here)〉에서 주인공 라조 리버스 역을 맡아

일단 운동을 시작하자 윈프리는 암 연구기금 모금을 위한 달리기와 같은 기금조달을 위한 모임들에 참가할 정도로 건강이 좋아졌다.

연기했다. 그녀는 그 영화 출연으로 받은 500,000달러를 기부해서 '더 나은 삶을 위한 가족(Families for a Better Life)'이라는 자선 단체를 창설했다. 그때 그녀의 약혼자 스테드먼 그래엄이 그 자선단체의 설립에 공동으로 참여했다.

같은 해 윈프리는 작가인 조안 바셀(Joan Barthel)과 함께 자서전을 쓰고 있다고 발표했다. 팬들은 책의 출판을 학수고대했다. 그런데 1993년에 그녀는 돌연 자서전 출간이 취소되었다고 발표해서 팬들을 실망시켰다. 윈프리는 그 이유를 이렇게 해명했다.

"저는 아직 한창 배우는 중이에요. 아직도 세상에서 놀라운 것들을 숱하게 발견하게 되리라 믿고 있지요."[6]

대신에 윈프리는 그녀의 개인 요리사인 로지 데일리(Rosie Daley)와 함께 저지방 조리법 요리책 집필에 착수했다. 그것은 〈부엌에서 로지와 함께 : 오프라가 가장 좋아하는 요리법(In the Kitchen with Rosie : Oprah's

> "저는 아직 한창 배우는 중이에요. 아직도 세상에서 놀라운 것들을 숱하게 발견하게 되리라 믿고 있지요."

Favorite Recipes)》이라는 책이었다. 1994년에 책이 출판되자 윈프리는 토크쇼에서 광고를 했고, 그 책은 곧바로 베스트셀러가 되었다. 처음 4년 동안에 그 요리책은 6백만 부 이상 팔려나갔다.[7]

윈프리는 스테드먼 그래엄과 여전히 깊이 사랑하는 관계를 유지하고 있었지만, 오래지 않아서 그들의 결혼 계획은 취소되었다. 대중매체들은 흥분하여 두 사람이 왜 결혼식을 하지 않기로 결정했는지에 대한 추측성 기사들을 앞다투어 쏟아냈다.

윈프리는 계획이 바뀌게 된 것을 이런 식으로 설명했다.

"내 자신을 확인하기 위해 결혼이 필요했을 땐 내 인생에는 시간적인 여유가 있었어요. 하지만 지금은 이대로 만족해요."

그리고 나서 그녀는 덧붙였다.

"스테드먼의 이름을 언론에 언급했던 걸 몹시 후회해요. 내가 이름을 언급하지 않았다면 결혼만으로는 이렇게 큰 논란거리가 되진 않았겠지요."[8]

윈프리는 아이를 갖지 않기로 했다는 결정 또한 공표했다. 그녀는 자신의 어린시절 동안 저질러진 잘못을 되풀이해 저지르고 싶지 않았다. 모성애에 관해서 말한다면 "나라는 사람은 어떻게 모성애를 발휘해야 하는지조차도 모른다고 늘 생각했어요."[9]

1994년에 윈프리는 텔레비전 예술과학 아카데미 명예의 전당에 이름을 올렸다. 이것은 연예인이 받을 수 있는 최고의 영예 중 하나이다.

하지만 윈프리는 처음에는 수상을 거절했다. 그녀는 자신보다도 더 상을 받을 만한 자격을 갖춘 다른 연예인들이 있다고 생각했다. 그러나 결국 윈프리는 그녀의 인생에서 가장 소중한 영예의 하나로써 정중하게 그 상을 받아들였다.

1994년 말 토크쇼 시즌에 윈프리는 중요한 결단을 내렸다. 당시에 텔레비전에서는 다양한 토크쇼들이 인기를 끌고 있었는데 많은 쇼들이 — 윈프리의 토크쇼를 포함하여 — 종종 선정주의적이고 '쓰레기' 같은 주제들을 중점적으로 다루고 있었다. 윈프리는 그녀의 기준을 유지하려고 노력하고 있었지만, 자신의 프로그램이 이런 경향의 하나의 원인이 되고 있다는 사실을 잘 알고 있었다.

"토크쇼 주제들이 얼마나 도를 넘어섰는지 당혹스러울 정도예요. 하지만 내 자신이 그것에 원인 제공자라는 점도 인정해요."

그녀는 이어 말했다.

"오락을 목적으로 전국적으로 방송되는 텔레비전 쇼에서 게스트들이 공격을 당해서도 또 굴욕감을 느껴서도 안 되는 일이잖아요. 내 자신이 부끄러웠어요."[10]

그녀는 '인간의 정신을 강화' 하는 긍정적인 역할모델로 쇼의 질을 보다 향상시킬 것을 약속했다.[11]

한편 윈프리는 다른 여성들이 그들의 능력과 가능성을 발휘하여 뜻한 바를 이룰 수 있도록 도울 목적으로 1995년에는 조지아주 애틀랜타에 있는 아프리카계 미국 흑인 여성들이 주로 다니는 스펠만 칼리지(Spelman College)에 1백만 달러를 기부했다. 윈프리는 그 돈이 과학 분야, 특히 환경생물학과 환경화학 분야의 연구에 사용되도록 지정했다.[12] 그녀는 또한 조지아주 애틀랜타에 있는 모어하우스 칼리지에 재학 중인 1천 명의 아프리카계 미국 흑인 남학생들의 대학 학자금도 지원하였고, 대학 시설에도 1,200만 달러의 지원을 약속했다.

윈프리의 기부금이 학생들이 더 좋은 교육을 받을 수 있도록 돕는 것이라면, 그녀의 토크쇼의 힘은 시청자들의 마음을 풍요롭게 만드는 것이었다. 그녀는 오래 전부터 시청자들의 안방에 문학작품을 소개하는 것에 관심을 갖고 있었다. 1996년 9월에 이르러 그녀는 방송을 통하여 자신이 좋아하는 책들을 시청자들과 함께 공유할 계획에 힘을 쏟았다. 방송의 독서클럽 코너에서 시청자들에게 책들을 소개하고, 그것들을 읽도록 장려할 생각이었다. 그녀는 이 독서클럽을 '오프라의 북클럽(Oprah's Book Club)'이라고 이름 지었다.

일단 윈프리가 시청자들에게 책 한 권을 추천하고, 한 달 뒤에 선택된 그 책의 저자가 토크쇼에 게스트로 출연하는 형식이었다. 윈프리가 선정한 첫 번째 책은 재클린 미

윈프리는 독서를 좋아한다. 그래서 그녀의 수백만 팬들은 그녀가 칭찬하는 책이면 무엇이든 사러 달려 나간다. 이것들은 그녀가 북클럽 초기에 선정한 책들이다.

처드(Jacquelyn Mitchard)가 쓴 〈대양의 저 편〉*)이었다. 아이의 실종과 그로 인해 희망이 산산이 깨져버린 가족의 극적인 이야기를 다루는 작품이었다.

'오프라의 북클럽'은 엄청난 성공을 거뒀다. 윈프리가 선정한 책들마다 단숨에 히트작품으로 떠올라서 판매가 치솟았다. 책에 대해 이야기를 나누는 일이 대중화되면서 온 나라의 도시와 마을들에서 사람들은 자신들의 독서클럽을 만들기 시작했다.

그러나 윈프리가 토크쇼에서 다룬 또다른 주제는 사회적으로 큰 소동을 불러일으켰다. 이번에는 그녀의 유명세가 빛을 발하지 못했다. 일반 대중들은 1996년에 처음으로 광우병에 대해 알게 되었다. 이것은 감염된 소를 통해 걸리는 희귀 질병이었다. 당시에 그 병에 걸린 소는 영국에서만 발견되었다. 그래서 영국에서는 그 질병이 확산되는 것을 막기 위해서 수많은 소가 도살되었다.

※) The Deep End of the Ocean : 재클린 미처드의 처녀작으로, 중서부 지방의 한 가족이 실종된 자식 때문에 겪는 고통을 줄거리로 하고 있다. 이 소설은 초판으로 10만 부를 인쇄했으나 윈프리가 쇼에서 찬사를 늘어놓은 후 64만 부를 더 인쇄했다고 한다. 같은 제목으로 영화화되었으며, 우리나라에서는 '사랑이 지나간 자리'라는 제목으로 소개되었다.

어느 날 윈프리가 그녀의 쇼에서 게스트와 그 문제에 대해서 이야기를 나누다가 아무 생각 없이 한마디 툭 내뱉었다.

"햄버거를 그만 먹어야겠군요!"[13]

윈프리는 자신이 무심코 던진 말에서 비롯된 대소동을 가라앉히려고 또다른 쇼를 마련했다. 그 프로그램의 게스트는 전국목축업자쇠고기협회의 그레이 웨버 박사(Dr. Gray Weber)와 아이오와주의 소목장 주인인 코니 그레그(Connie Greig)였다. 두 사람은 목축업협회가 사람들을 보호하기 위하여 안전하게 식품을 생산하고 있다면서 시청자들을 안심시켰다.

하지만 그들의 그런 노력도 모두 허사였다. 텍사스의 목장주들은 분노했다. 그들은 소비자들이 더 이상 쇠고기를 사지 않게 이런 공황을 초래한 죄로 윈프리를 고소하고 그녀를 상대로 1,200만 달러의 손해배상을 청구하는 소송을 제기했다.

윈프리는 그 소송에 맞서 싸우기 위해 텍사스의 법정에 출두해야 했다. 그녀는 그것을 언론의 자유를 가질 권리에 반하는 소송 사건으로 생각했다. 그녀는 주장했다.

"나는 이 나라에서 자신들의 목소리를 내려고 발버둥치

윈프리가 무심코 내뱉은 말 때문에 사람들이 쇠고기를 사지 않았을까요?
배심원들이 대답했다. "무죄!"

다 죽어간 사람들의 후손입니다. 그래서 나는 더욱 언론의 자유가 방해받는 것을 묵과할 수 없습니다."[14]

윈프리는 그녀의 토크쇼를 텍사스로 옮겨가 진행했다. 재판이 계속되는 동안 그녀의 프로덕션 직원들은 그곳에서 열심히 프로그램 제작에 임했다.

몇몇 쇼에서는 불규칙하게 늘어서 있는 아파트나 선풍적인 인기를 끌고 있는 헤어스타일과 함께 텍사스의 생활방식을 소개하기도 했다.

또 그녀는 텍사스의 유명인사들을 쇼에 초대하기도 했는데, 그들 중에는 영화배우 패트릭 스웨이지(Patrick Swayze)와 컨트리음악 가수 클린트 블랙(Clint Black)이 포함되었다.

결국 윈프리는 식육시장의 붕괴를 초래한 재판에서 무죄 평결을 받았다. 법정 밖에서 윈프리는 승리의 표시로 두 주먹을 불끈 쥐고 쭉 뻗어 올리면서 울음 섞인 목소리로 크게 외쳤다.

"이겼다! 언론의 자유는 살아 있을 뿐만 아니라 감동스럽기까지 하다."[15]

논쟁이 마침내 막을 내리면서 윈프리는 그녀의 열정을 다른 곳에 쏟을 수 있게 되었다. 그녀는 새로운 방면에서

그녀의 영향력을 펼칠 준비가 되어 있는 시카고로 다시 돌
아갔다.

| 제10장 |

그녀의 인생 최고의 시간에

윈프리는 새로운 계획을 갖고 있었다. 그녀는 시
청자들에게 자선사업에 돈을 기부하도록 권했다. 전 세계
시청자들이 보내오는 잔돈으로 가치 있는 목적에 기여할
수 있는 방법을 궁리하다가 그녀는 1997년 9월 18일에
'오프라의 엔젤 네트워크(Oprah's Angel Network)'라는 자
선단체를 새로 만들었다. 그녀는 그것을 '세계에서 가장
큰 돼지저금통(The World's Largest Piggy Bank)'이라고 불
렀다. '엔젤 네트워크'는 시청자들이 보내온 동전과 지폐,
수표를 수집해서 가난한 대학생들의 학비지원을 위한 장
학재단을 설립했다.

첫해에만 '엔젤 네트워크'는 3백만 달러 이상의 기금을 거둬들였고, 2004년 10월까지 자선단체 100개 이상의 기금에 상당하는 2,000만 달러의 거금을 모았다.[1]

'엔젤 네트워크'가 후원하는 또다른 최초의 사업은 '인류애를 실현하기 위한 해비타트 운동'이라는 단체였다. 이 자선단체는 지미 카터(Jimmy Carter : 미국의 제39대 대통령 – 옮긴이) 전(前) 대통령과 그의 아내 로잘린(Rosalynn)이 자원봉사자로 참여하여 저소득층 가정의 주택짓는 일을 도움으로써 유명해졌다. 해비타트는 또한 저소득층 가정의 사람들이 미래의 자신들의 집을 짓는 일에 참여하는 대신에 무이자로 융자금을 제공한다. 윈프리의 목표는 전국에 200채의 주택을 건설하는 것이었다. 그녀는 해비타트에 제일 먼저 55,000달러를 기부했고, 사업가들과 시청자들에게도 기부를 권유했다.

사람들은 윈프리의 이타주의적인 노력을 빈틈없이 알고 있었다. '엔젤 네트워크'가 조직된 (그리고 〈유에스 뉴스 앤 월드 리포트(U.S. News and World Report)〉에서 보도된) 그 무렵에 실시된 한 여론 조사에서 윈프리는 천국에 갈 것 같은 사람의 이름을 묻는 질문에서 테레사 수녀(Mother Teresa) 다음인 2위를 차지했다.[2]

인류애를 실현하기 위한 해비타트 운동

1976년에 백만장자 밀라드(Millard)와 린다 풀러(Linda Fuller) 부부가 기독교에 기반을 둔 비영리단체인 '해비타트'를 창설했다. 이 국제적 기관의 목적은 살 곳이 필요한 사람들을 위해서 적은 비용으로 양질의 주택을 지어주려는 것이다. 모든 주택들은 자원봉사자들에 의해서 건축된다. 그리고 그 주택들은 가난한 사람들에게 이윤을 남기지 않고 판매된다. 또한 모기지론(mortgage loan : 장기주택담보대출 – 옮긴이)이 필요한 사람들에게는 무이자로 대출도 해준다. 2003년까지 '해비타트'는 전 세계 92개국에서 10만 채 이상의 주택을 건설했다. 2005년까지 백만 명 이상의 사람들을 위한 주택이 '해비타트' 단체가 후원하는 건설 사업을 통해 제공될 계획이다. 해비타트 주택의 입주자들은 그들 자신의 집이나 그 단체가 후원하는 다른 사업에서 최소 5백 시간의 노동에 참여하지 않으면 안 된다.

이 결과는 상당히 명예로운 것이었다. 왜냐하면 1997년에 사망한 테레사 수녀는 인도 캘커타의 가난한 사람들 속에서 선교활동을 펼쳤던 세계적으로 유명한 가톨릭 수녀

였기 때문이었다. 게다가 테레사 수녀는 노벨평화상도 수상했고, 교황 존 폴 2세(Pope John Paul Ⅱ)에게 시복(諡福)도 받았는데 이것은 교황이 그녀에게 성자의 특별한 명예를 부여했음을 의미하는 것이다.

윈프리는 그녀의 선행으로 큰 칭찬을 얻었으나, 사업의 이익을 얻는 데도 흔들림 없이 열중했다. 그 때문에 그녀는 자신이 신뢰하는 계획들에 아낌없이 투자할 수 있었다. 경제전문지 〈포브스〉의 1998년의 기사에 의하면 윈프리는 연예계에서 최고의 부자 여성들 가운데 한 사람으로 평가받았다. 〈포브스〉지의 편집자들은 당시 윈프리의 연간 소득을 대략 1억 2천 5백만 달러로 추정했다. 2003년까지 그녀의 순자산(대차대조표의 총자산으로부터 부채를 뺀 것 – 옮긴이)은 10억 달러 이상으로 평가되었고, 그녀는 〈포브스〉지가 매년 선정하는 억만장자의 명단에 오른 최초의 아프리카계 미국 흑인 여성이 되었다.[3]

같은 해에 '엔젤 네트워크'는 비약적으로 성장했다. 그리고 윈프리는 제작하는 데만 거의 10년이 걸린 영화를 끝마쳤다. 그것은 〈사랑하는 사람〉으로, 토니 모리슨의 퓰리처상 수상작인 동명소설을 영화화한 작품이었다.

유명한 아프리카계 미국인 소설가이자 시인인 작가는

윈프리의 훌륭한 조언자 중 한 사람이기도 했다. 처음 그 책을 읽은 이후로 윈프리는 그것을 영화로 만들고 싶은 소망을 갖고 있었다.

"〈사랑하는 사람〉에는 내 열정이 담겨 있어요······. 내 평생의 꿈이 실현된 거나 마찬가지예요."[4]

조난단 드미(Jonathan Demme) 감독이 그 영화의 메가폰을 잡았다. 윈프리는 1837년에 스위트홈 농장에서 도망친

〈사랑하는 사람〉에서 윈프리와 함께 공연한 탠디 뉴튼(Thandie Newton)(왼쪽)과 킴벌리 엘리스(Kimberly Elise)(오른쪽). 윈프리에게는 이 영화를 만든 일이 '평생의 꿈이 실현'된 것이나 마찬가지였다.

노예 세더(Sethe) 역을 연기했다. 영화에서 세더는 딸을 남겨두고 떠나지만 언제나 그 기억들이 머리에서 떠나지 않아 괴로움을 겪는 인물이었다. 그녀는 전에 농장의 노예였던 다른 노예, 폴 D.(Paul D.)를 만나게 되는데, 그 역할은 대니 글로버(Danny Glover)가 맡아 열연했다.

영화를 찍으면서 윈프리는 노예를 연기하는 자신의 감정이 점차 메말라간다는 사실을 깨달았다. 그저 상상만 하는 것이 아니라 노예가 된 것과 같은 상태이기 때문에 실제로 그런 변화를 경험하게 된 것이다.

"이론적으로 그런 상황에 대해서 이야기할 수는 있겠죠. 하지만 〈사랑하는 사람〉의 촬영이 진행되는 동안 난 처음으로 경험하는 입장이 됐어요."[5]

〈사랑하는 사람〉은 윈프리가 애착을 갖는 영화였고, 게다가 그녀의 연기는 비평가들로부터 찬사를 이끌어냈다. 음악잡지 〈롤링스톤〉의 비평가는 세더로 분한 윈프리의 연기를 '완벽한 음조'였다고 평가했다.[6]

그러나 윈프리의 연기에 쏟아진 온갖 찬사에도 불구하고 영화는 박스오피스에서 성공을 거두지 못했다. 어떤 비평가들은 사람들이 극장을 찾지 않은 이유가 노예라는 주제가 관객들이 받아들이기에 감정적으로 지나치게 격했던 때문이 아닌가 평했다.

윈프리는 그 결과에 낙심했지만 망연자실하지는 않았다. 그녀는 자신의 열정을 토크쇼의 방향을 변화시킬 새로운 계획에 쏟아부었다. 1998년의 텔레비전 시즌 초반에 그녀는 그녀의 쇼가 새롭게 중점을 두는 것에 '삶을 변화시켜라(Change Your Life)'라는 이름을 붙였다. 그 이후로 윈프리는 시청자들을 격려하여 그들의 삶을 긍정적으로 변화하도록 도울 수 있는 코너를 그녀의 쇼에 마련하기로 계획했다.

1999년 9월에 윈프리와 남자친구 스테드먼 그래엄은 노스웨스턴대학교의 J. L. 켈로그경영대학원에서 리더십 역학(Dynamics of Leadership)이라는 강좌를 공동으로 강의했다. 수업은 10주 동안 매주 한번씩 저녁 시간에 열렸는데 그들은 리더십과 경영기술의 개발방법에 관하여 학생들에게 강의했다. 놀라울 것도 없이 그 강좌는 성황을 이뤘고, 그 다음 가을학기에 다시 개설되었다.

그 학교의 부학장 리치 호낙(Rich Honack)은 학생들이 윈프리를 '가장 유능한 교수 중 한 사람으로 평가' 했다고 전했다. 그러나 윈프리는 자신에게 보다 비판적이었다.

"난 내게 B를 주겠어요. 그렇지만 다음에 오면 A를 받을 거예요. 이제 A를 받을 수 있는 방법을 알았으니까요."[7]

한편 타블로이드판 신문들에서는 윈프리 커플의 결혼 계획에 대해서 집요할 정도로 그들을 괴롭혔다. 마침내 윈프리가 그녀의 입장을 밝히고 나섰다.

"우리 두 사람 다 결혼할 준비가 돼 있지 않아요."[8]

하지만 그녀는 시청자들에게 좋은 책을 권할 준비는 언제든지 되어 있었다. 1999년 11월에 윈프리는 전미도서재단의 50주년 기념 황금메달상을 수상했다. 그녀가 수백만 명의 사람들에게 책을 읽도록 장려하는 일에 헌신한 공로를 인정받았기 때문이다.

그 다음 2년 동안 윈프리는 또다른 일들을 만들어 냈다. 그녀는 미디어 거물 제럴딘 레이본과 카시-워너-맨더배치 사(Carsey-Werner-Mandabach Company)의 경영자들과 협력하여 〈옥시즌(Oxygen)〉이라는 여성전용 케이블 방송국을 개국했다.

2000년 2월에 첫 방송을 시작하였는데, 이미 인기를 얻고 있던 윈프리의 웹사이

> "난 내게 B를 주겠어요. 그렇지만 다음에 오면 A를 받을 거예요. 이제 A를 받을 수 있는 방법을 알았으니까요."

독서문화의 저변 확대에 끼친 지대한 공헌을 인정받아 윈프리는 이 특별 트로피를 품에 안았다.

트 〈http://www.oprah.com〉와 연결하여 동시에 진행되었다.

윈프리가 〈옥시즌〉에서 제작한 첫 번째 프로그램은 '오프라가 온라인에 간다(Oprah Goes Online)' 였다. 그것은 12부로 구성된 연속물로 인터넷을 한 걸음 한 걸음 탐험해가는 내용이었다. 그녀는 그 프로그램을 절친한 친구 게일 킹과 함께 공동으로 진행했다. 전국 각지의 수백만 명의

사람들을 돕는 것은 윈프리의 사명이다. '당신의 삶을 바꾸는 텔레비전(Change Your Life TV)'에서부터 시애틀에서 열린 '최고의 삶을 영위하라(Live Your Best Life Tour)'와 같은 쌍방향 워크숍까지……

여성들은 채널을 맞추고, 인터넷에 연결하여 온라인으로 들어가는 방법을 직접 체험하며 배웠다.

그러나 윈프리는 거기서 멈추지 않았다. 2000년 그 한 해 동안에는 기념비적인 일이 계속 이어졌다.

| 제11장 |

지평선 너머에

2000년 4월에 윈프리는 출판 역사상 가장 성공적인 잡지의 발행을 개시했다. 그녀는 자신의 잡지에 〈오 매거진(O-The Oprah Magazine)〉이라는 이름을 붙였는데, 허스트 매거진사(Hearst Magazines)와 공동 투자한 것이었다. 자신의 출판물에 왜 한 글자 이름을 선택했는지에 대해 이야기하면서 그녀는 다음과 같은 이유를 들었다.

"내가 '오(O)'를 좋아하는 건 그것이 단순하고 명쾌한데다 또 많은 친구들이 나를 그렇게 부르고 있기 때문이에요."[1]

다시 한번 윈프리는 친구 게일 킹에게 도움을 청했고,

"'오(O)' 는 많은 내 친구들이 나를 부를 때 쓰는 호칭입니다."
새로운 잡지의 발행을 알리는 자리에서 윈프리가 설명했다.

그녀를 오프라 매거진의 편집국장으로 임명했다. 그런데 윈프리는 잡지의 아주 사소한 부분까지도 감독했다. 그러자 잡지업계에서는 논란의 여지가 있는 소문이 들끓었다. 윈프리가 지나치게 간섭하고 나서서 직원들을 불편하게 만든다는 것이 그것이었다. 윈프리는 그런 소문에 대한 자신의 입장을 밝혔다.

"난 지나치게 간섭하지 않았어요. 그저 열중한 것뿐이에요. 내게 일을 맡긴다면, 그건 내 이미지만을 선택한 게 아니잖아요. 그러니까 명목상의 대표만을 원하는 건 아니란 말이죠."[2]

〈오 매거진〉의 창간호는 매진을 기록했다. 그 여세를 몰아서 현재 그 잡지는 2백만 명 이상의 고정 독자들을 확보하고 있다. 다른 여성지와 달리 〈오 매거진〉은 종종 심각한 문제들에 초점을 맞추고 그것에 극히 단순한 해결책을 제시하기도 한다. 윈프리는 기사의 내용을 감독하여서 그 논제들이 자신의 토크쇼에서 표방하는 것과 같은 깊이와 감수성을 지닌 논제들인지 확인한다. 윈프리는 매달 잡지에다 칼럼을 쓰고 있고, 또 표지사진도 촬영하고 있다.

2002년 4월에 윈프리는 매달 진행해 오던 북클럽 코너를 중단한다고 발표했다. 그녀는 덧붙여 말했다.

"책들을 소개하는 제 임무를 계속 이어갈 겁니다. 마음으로부터 추천할 만하다고 생각되는 책이 있는 때에는 '오프라 윈프리 쇼'에서 그것들을 크게 다룰 생각입니다."³⁾

윈프리는 토크쇼에서 시청자들에게 도움이 되는 주제들을 다루려고 계속 노력했다. 그래서 그녀의 게스트들 중에는 시청자들의 삶을 향상시킬 수 있는 방법을 제시할 심리학자나 작가들이 초대되었다. 그들 중에는 심리학자인 필 C. 맥그로 박사(Dr. Phillip C. McGraw)도 있었다. '꾸밈없이 솔직하게 말하는' 그의 스타일로 인해 그는 얼마 안 있어 가장 인기 있는 게스트가 되었다.

오프라 쇼에 정기적으로 출연한 덕분에 필 박사는 독자적으로 자신의 낮 시간대 쇼인 '닥터 필(Dr. Phil)'의 진행을 맡게 되었다. 그것은 2002년 9월에 첫 방송을 시작했다. '닥터 필 쇼'는 윈프리의 하포 프로덕션과 파라마운트 텔레비전이 공동으로 제작한 쇼였다. 맥그로는 이렇게 이야기했다.

"내 자신과 내가 할 수 있는 것에 대한 그녀의 통찰력 덕분에 내가 흥미를 갖고 있는 분야에서 일할 수 있게 된 겁니다……. 그녀는 정말로 대단한 지략가이고, 또 현명하고 성실한 조언자입니다……. 이렇게 훌륭하고 소중한 친구에 대해 이야기할 수 있으니 난 정말 운이 좋은 사람입니다."[4]

50세가 얼마 남지 않았을 때, 그녀는 당당하게 50대를 살아갈 것이라는 점을 대중에게 알렸다. 〈오 매거진〉의 2003년 10월 판에서 윈프리는 다음과 같이 썼다.

"앞으로 10년의 시간으로부터 나는 최고의 가치들을 찾아내서 그 가치를 극대화시킬 겁니다. 주저함없이 말입니다. 50대 내내 내가 힘껏 활동하고 활약을 펼치는 모습을 보고서, 내가 아는 모든 이들이 '나도 50대였으면, 적어도 50대를 바라보는 49이었으면' 하고 바라게 될 겁니다."[5]

윈프리는 약속을 어기지 않았다. 그 축하잔치는 2004년 1월 29일 목요일에 특별 생방송 텔레비전 쇼로 문을 열었다. 스튜디오에는 그녀의 직원들이 그녀 모르게 몇 주 동안 준비한 놀라운 선물들이 가득했다. 윈프리의 토크쇼의 총괄프로듀서인 엘렌 라키텐(Ellen Rakieten)이 그 준비과정에 대해 설명했다.

"우리는 윈프리에게 그녀의 빌딩에 오는 것을 금지시켰어요. 우리는 그녀에게 말했죠. '집에 있어요. 당신은 들어올 수 없으니까.'"[6]

윈프리의 친구 게일 킹과 영화배우 존 트라볼타가 유명인

필 박사를 둘러싼 논쟁

하루 5백만 명의 시청자들을 끌어 모으는 심리학자 방송인 필립 C. 맥그로 박사는 논의의 여지가 있는 인물이다. 그의 텔레비전 프로그램의 형식은 조언을 해주는 방식이지만, 어떤 비평가들은 그의 접근법이 지나치게 부정적이며 자극적이라고 비난한다. 한두 번도 아니고 여러 번, 맥그로는 텍사스 사람 특유의 점잔빼는 느린 말투로 그의 무대에 앉아 있는 게스트에게 말했다. "당신은 천치야!" 맥그로는 자신의 방식이 사람들을 자극해서 '현실을 직시'하도록 만드는 방법이라고 역설했다.[7]

그 분야의 전문가들은 그가 우울증이나 신경증과 같은 인간행동의 심리학적 원인을 고려하지 않는다는 점을 문제 삼았다. 그는 이렇게 반박했다.

"내가 모든 사람들을 대표하는 것은 아닙니다."[8]

그럼에도 필 박사의 저서들은 베스트셀러가 되고 있다. 그의 저서에는 다음과 같은 책들이 포함된다. 〈가족을 우선시하라(Family First)〉, 〈현실을 직시하라(Getting Real)〉, 〈삶의 전략(Life Strategies)〉, 〈자아(Self Matter)〉, 그리고 〈체중에 대한 근본적인 해결책(The Ultimate Weight Solution)〉 등이 그것이다.

진지하고 근엄한 필 박사는 시청자들에게 '과체중' 이거나 또는 '나쁜 부모' 라는 이유로
거리낌 없이 호통을 쳐댄다.

> "앞으로 10년의 시간으로부터 나는 최고의 가치들을 찾아내서 그 가치를 극대화시킬 겁니다."

들이 대거 참석한 그 프로그램의 진행을 맡았다. 특별 게스트에는 가수 티나 터너와 스티비 원더, 그리고 토크쇼 진행자인 제이 르노(Jay Leno)가 있었다. 또 남아프리카공화국의 전직 대통령 넬슨 만델라와 노벨평화상 수상자인 데즈먼드 투투 주교,[*] 그리고 영화배우 톰 크루즈와 줄리아 로버츠, 제니퍼 로페즈, 제니퍼 애니스톤 등도 초대되었다. 뿐만 아니라 음악계의 거물인 프로듀서 퀸시 존스와 영화감독 스티븐 스필버그는 특별히 위성으로 그녀의 생일을 축하하는 메시지를 보내왔다.

게다가 일전에 그녀가 방문해서 감싸안았던 한 무리의 남아프리카공화국의 아이들이 원프리를 "마마 오프라(Mama Oprah)"로 호칭하면서 생일축하 노래를 불러주었다. 영화배우 시드니 포이티어(Sidney Poitier)가 원프리를

---

[*] Desmond Tutu : 남아프리카공화국의 성공회 성직자. 남아프리카공화국의 인종차별 반대운동에 이바지한 공로로 1984년에 노벨평화상을 받았다.

위해 축배를 제안하고 더 나은 세상을 만들기 위해서 사람들의 삶을 변화시키는 일에 헌신하는 그녀의 선행을 치하했다.

윈프리는 또한 손으로 직접 그린 그녀의 초상화로 장식된 무게가 180여 킬로그램이나 나가는 생일 케이크를 선물받았다. 그런데 그 호화로운 축하연은 단지 시작에 불과했다. 그 다음날 캘리포니아의 로스앤젤레스에 위치한 벨에어 호텔(Bel Air Hotel)에서 윈프리의 여자친구들 50명만이 참석한 오찬 행사가 열렸다.

토요일 저녁에는 그녀가 살고 있는 캘리포니아 몬테시토(Montecito)의 이웃들이 주최하는 블랙타이 파티(남성은 턱시도, 여성은 이브닝드레스 차림으로 참석해야 하는 파티 – 옮긴이)에 주빈으로 참석했다. 아놀드 슈왈츠제네거와 마돈나를 포함하여 200명 이상의 유명인사들이 파티의 손님으로 참석했다. 저녁식사는 오로지 윈프리를 위해 제작된 밝은 황록색 차이나와 크리스털에 담겨 나왔다. 안뜰과 수영장 위에다 임시로 만들어 놓은 투명한 댄스 플로어는 10만 송이 이상의 난초로 장식되었다. 흥겹고 호화로운 그 파티에는 수백만 달러의 비용이 들었다.

최고의 생일 축하연이 끝난 뒤에 윈프리는 그녀의 방송

오프라 윈프리가 이야기를 시작하면 사람들은 귀를 기울인다.

스튜디오의 방청객에게 특별한 즐거움을 제공할 수 있는 방법들을 곰곰이 생각했다. 그리고 방법 하나를 찾아냈다.

2004년 9월 13일 월요일에 윈프리의 토크쇼 19번째 시즌을 맞아 그녀는 첫 번째 쇼에서 방청석에서 11명의 관객을 무대로 올라오게 해서는 그들 한명 한명에게 제너럴 모터스사가 기증한 28,000달러 값어치의 폰티악 G-6 승용차 열쇠를 건네주었다.

그것만이 아니었다. 윈프리는 이번에는 방청석에 있던 방청객 각자에게 선물상자를 하나씩 나눠주고 나서 누군가 그 선물상자에서 12번째의 승용차 열쇠를 받게 될 거라고 말했다. 그리고 나서 갑자기 윈프리가 큰소리로 외쳤다.

"모두 자동차를 받았어요! 모두 자동차를 받았어요! 모두 자동차를 받았다구요!"[9]

윈프리가 껑충껑충 뛰기 시작했다. 흥분한 방청객들로 스튜디오는 일대 혼란에 빠졌다.

그날의 방청객들은 자신이나 가족 중 누군가가 새 차가 필요하다는 사연을 토크쇼에 보내서 방청객으로 선정된 사람들이었다. 나중에 일부 사람들은 그것이 진정한 선물이 아니었다고 언급했다. 그날 승용차를 받은 사람들은 모두 세금으로 7,000달러를 납입해야 했기 때문이다. 새 자동차의 주인들은 자동차를 되돌려주든지 아니면 세금을 내고서 자동차를 보유하든지, 자동차를 팔아서 이익금을 남기든지 선택해야 했다.[10]

그날 윈프리가 준 선물은 자동차만이 아니었다. 그녀는 그 동안 보육원과 노숙자 보호소에서 자원봉사자로 일한 젊은 여성에게 10,000달러에 해당하는 옷가지와 대학 4년치 장학금을 선물했다.

윈프리는 또한 사람들에게 책을 읽도록 권장하는 일에도 여전히 최선을 다했다. 2004년에 '오프라의 북클럽'을 다시 시작하면서 그녀는 시청자들에게 800페이지가 넘는 고전소설 레오 톨스토이의 〈안나 카레니나〉와 이어서 그보다 짧은 분량의 카슨 매컬러스[*1]의 20세기 소설 〈마음은 외로운 사냥꾼〉[*2]을 읽도록 권했다.

윈프리는 자신의 기준을 높게 정한다. 보도, 연기, 제작, 잡지 출판, 미디어 기업 경영, 토크쇼 진행이든지 자선단체에 5,000만 달러 이상을 기부하는 일이든지 말이다. 그

[*1] Carson McCullers : 1917~1967, 미국의 소설가. 외로운 사람들의 내면세계를 그린 작품들을 썼다.

리고 그녀는 셀 수 없이 많은 사람들에게 최고의 인생을 만들도록 격려도 아끼지 않는다. 오프라 윈프리는 지금 당장 그들이 곤궁한 처지에 처해 있다 하더라도 솔직한 마음과 진취적이고 적극적인 기질과 풍부한 열정만 지니고 있다면 인생에는 무한한 가능성이 있다는 것을 분명히 보여주었다.

---

*2) The Heart Is a Lonely Hunter : 1940년에 발표한 매컬러스의 첫 작품으로 많은 비평가들이 가장 뛰어나다고 평가하는 장편소설이다. 이 작품은 조지아주의 작은 마을을 무대로 하여 음악수업을 열망하는 소녀, 뜻한 바를 이루지 못하는 사회주의 선동가, 개인적인 위엄을 잃지 않으려고 안간힘을 쓰는 흑인 의사, 카페를 운영하는 미망인 등 4명의 이야기를 다루고 있다.

| 부록 |

- 오프라 윈프리, 래리 킹과 만나다
- 연대기
- 참고문헌

오프라 윈프리, 래리 킹과 만나다

래리 킹 마침내 그녀를 이 자리에 모셨습니다! 오늘밤 '래리 킹 라이브'의 초대 손님은 오프라입니다! 1995년 1월에 출연한 이후 6년 6개월여 만의 방문입니다. 이제 그녀는 이름만 대면 다 아는 유명인사가 되었습니다. 그녀를 만나는 건 언제나 큰 영광입니다. 저희는 오래 전부터 친구 사이입니다. 방송 전에 제가 그녀의 볼티모어 토크쇼에 처음 출연했던 날에 대해 서로 이야기를 나눴습니다. 15살이었던 제 딸아이가 그때 깜짝 손님으로 초대됐었는데, 이제 34살이 됐습니다. 오프라, 그래…… 기분이 어떤가요?

＊) CNN의 명사회자 래리 킹이 오프라 윈프리를 CNN-TV「래리 킹 라이브」에 초대해 대담한 것을 그대로 옮겼다. 이 인터뷰는 2001년 9월 4일에 있었다.

오프라 기분이 어떠냐고요? '피플 아 토킹(*People Are Talking*)'에서 저와 공동 진행을 했던 리처드 쉐어가 오늘 제게 이메일을 보내서는……

래리 정말이요?

오프라 ……제가 기억하는지 물었어요. 제가 오늘밤 당신의 토크쇼에 출연한다는 걸 알았던 모양이에요. 아무튼 저희가 그때 키아(Kia)를 초대했던 걸 기억하냐고 물었고, 그래서 저는 '어떻게 그걸 잊을 수 있겠어요?' 라고 답했죠. 제가 감격스러운 건 이렇게 오랜 세월이 흘렀는데도 당신이 아직도 그날을 잊지 않고 있다는 사실인걸요.

래리 유쾌한 시간을 보냈으니까요. 당신이 더 큰 무대에 도전할 생각으로 시카고로 갔던 때가 생각나는군요. 오프라, 당신에게 무슨 일이 벌어졌던 건가요?

(웃음소리)

래리 무엇이……당신은……당신은 자신을 꼬집어 본적이 있어요? 당신이 말하길……그러니까 당신은 한걸음 물러서서 자신을 돌이켜 본다고 말한 적이 있지요?

오프라 예, 거의 매일 그렇게 하죠. 전 많은 시간을…… 많은 시간을 제 자신에 대해 생각하면서 보내요. 키아가 15살에 출연했던 그 쇼 이후로 제겐 많은 일들이 일어났어요.

제게 많은 일들이 일어나긴 했지만 저는 언제나 전체적인 시야로 인생을 보려고 노력하고 있고, 그래서 일기도 계속 쓰고 있는 거고요, 래리. 사실 전 15살 이후로 일기를 쭉 쓰고 있어요.

래리 정말이요?

오프라 예, 정말이에요. 실제로 저의 모든…… 제게 가장 소중한 것을 꼽는다면 그건 일기장일 거예요. 그래서 15살부터 쓴 일기장을 갖고 있는 거죠. 아버지가 앤터니와 쇼니즈(레스토랑 체인점)에 가는 걸 허락하지 않으셨던 때부터 쓴 일기죠. 그런데 글쎄, 저희 아버지는 데이트하고 싶은 사람이 누구든 제가 데이트하는 걸 허락하지 않으셨어요.

그래서 저는 볼티모어에서의 생활이나 살아오면서 느낀 좌절감, 또 스스로 문제를 해결하려고 애쓴 오랜 세월동안의 기록 등을 여전히 간직하고 있어요. 그 때문에 다른 많은 사람들과는 좀 다른 면에서 제 인생을 돌이켜 볼 수 있는 것 같아요. 아무래도 다양한 상황에 대한 감정이 정리되어 있으니까요.

래리 그럼 그 얘길 좀 해 볼까요. 일전에 당신은 자서전을 낼 생각이었지요. 성대한 자서전 출판 계약 파티에 저도 참석했었는데.

오프라 예.

래리 먹을 것도 많았고 아주 흥겨운 파티였어요. 우리는 얘기도 아주 많이 나눴었죠. 그런데 당신은 그 계획을 취소했어요. 그런데 지금 일기장에 대한 얘기를 듣고 보니…… 그 일기장들이 자서전의 일부가 될 수 있을 텐데, 왜 자서전 출판을 취소한 건가요?

오프라 사실은 제가 아직 배우는 과정 중에 있다고 생각했기 때문에 자서전 출판을 취소한 거예요. 아직 자서전을 쓸 만한 때가 아니고, 또 그것을 쓸 만한 충분한 이유도 없다고 판단했던 거지요. 전 40살이 되었으니 자서전을 써야 한다고 그렇게 생각하고 있었어요. 하지만 40살이 된다는 것이 39살이나 38살 때보다 별안간 더 많은 것을 알게 되는 건 아니잖아요.

그래서 아직 때가 아니라는 판단을 내렸던 거예요. 그때 저는 이미 1년여 동안 자서전 작업을 진행하고 있던 중이었어요. 그리고 자서전을 내는 것에는 많은 이점이 있었지만 제가 원하는 건 그런 것들이 아니었거든요. 그래서 그런 결정을 내릴 수 있었던 제 자신이 정말로 자랑스러워요. 그 당시에는 그것이 지금껏 제가 내린 결정 중에서 가장 힘든 결정이었거든요.

래리 그랬어요?

오프라 우습게도……음, 누구든 기쁘게 하고 실망시키고 싶지 않은 게 제 병이죠. 말씀하신 그 파티 말이에요, 그 파티 때문에 제가 아주 당황스러웠거든요. 전 계속해서 제 뜻을 이야기했지만 그들은 파티를 열었어요. 그들이 파티를 연 거예요!

래리 성대한 파티였잖아요.

오프라 그래서 출판사에 책을 내지 않겠다는 전화를 걸었을 때, 래리, 저는 "내가 새우값을 내겠어요. 내가 그 파티 경비를 돌려주기를 바라나요?"라고 물었죠. 진짜로요.

래리 자서전을 출간할 건가요?

오프라 넬슨 만델라가 작년에 토크쇼에 출연하고 나서 나중에 그를 만났을 때, 그는 제게 자서전에 대해서 진지하게 생각해봐야 한다고 말하더군요. 아마도 언젠가는요. 자서전에 대해서 많이 생각하고 있는 건 아니지만 넬슨 만델라가 제게 그것에 대해 말했다는 사실이, 글쎄요, 뭐랄까 의미가 있는 것 같거든요. 그리고 제가 항상 일기장들을 가지고 있을 거잖아요. 저는 언제까지나 일기장들을 보관할 거예요.

래리 예, 그것들은 자서전과 썩 잘 어울리는 것들이죠.

오늘밤 우리가 다뤄야 할 주제가 많군요. 16년 동안 당신은 에미상과 피바디상을 여러 차례 수상했고, 또 모든 것을 얻었어요. 당신이 성공할 거라는 확신이 있었나요?

오프라 글쎄요, 래리, 저는 언제나 이 점에 대해서는 확신이 있었어요. 제 삶이 제가 알고 있는 것보다 더 중요하다는 것, 모든 사람들의 삶이 그들이 알고 있는 것보다 더 중요하다는 것을 말이에요. 저는 우리 모두가 자신의 일에서 더 큰 힘을 발휘할 수 있다는 것을 확신해요. 꿈이나 비전이 무엇이든지 간에 자신을 위하여 그것에 자신을 맞추고 따르려고 든다면 일생동안 굉장한 것들을 이뤄낼 수 있을 거예요.

그래서 전 언제나 제 자신의 하찮은 자질에 비하여 더 많은 일을 할 수 있다는 확신이 있었어요. 전 늘 연설을 했어요. 교회나 학교에서 연설을 하면서 성장했죠. 내슈빌을 떠나던 때가 생각나네요. 저는 15살 때부터 교회나 축제, 여성단체 등에서 기조연설자로 뽑히는 그런 사람들 중 하나였거든요.

> 꿈이나 비전이 무엇이든지 간에 자신을 위하여 그것에 자신을 맞추고 따르려고 든다면 일생동안 굉장한 것들을 이뤄낼 수 있을 거예요.

내슈빌을 떠나서 볼티모어로 가게 됐을 때에 저는 내슈빌의 침례교회에서 연설을 하게 됐어요. 그때 저는 이렇게 이야기했어요. "저는 미래가 어떨지는 모르지만 미래가 누구에게 달려 있는지는 압니다." 그러니까 항상 확신하고 있었던 건 아니었지요. 틀림없이 상상할 수 없었을 거예요. 그러니까 제 말은⋯⋯

래리 오늘을요.

오프라 오늘을 상상할 수도 없었어요. 절 놀리는 거군요. 시카고에 왔을 때에 전 필 도나휴와의 맞대결에서 그저 어느 정도의 시청률만이라도 올리길 바랄 뿐이었어요. 제가 시카고에 왔을 때 필이 토크쇼를 진행하고 있었는데 그는 토크쇼의 황제였거든요. 방송 국장이었던 데니스 스완슨이 제게 이렇게 말하더군요. "당신이 필 도나휴를 이길 수 없다는 건 알고 있어요. 그러니 그냥 당신 자신이 되세요." 그건 텔레비전 진행자에게 줄 수 있는 가장 큰 선물이었죠. 당신이 다른 사람을 이기려고 애쓰는 걸 원치 않는다. 다른 사람을 흉내 낼 필요도 없다. 그냥 당신 자신이 되라.

래리 돌이켜보면⋯⋯ 16년 동안에 당신의 토크쇼가 얼마나 변화했나요?

오프라 사람들이⋯⋯ 예전에는 두서너 명의 초대 손님

들이 한 의자에 앉아서 한 시간 동안 그저 이야기만 나눴어요. 그런데 지금은 쇼가 진화하고 있어요. 우리가 발전하고, 또 우리 모두가 토크쇼와 함께 성장하고 있는 것처럼요. 제 생각에는 저희 쇼에는 매일 그 날만큼의 성과가 있는 것 같아요. 저는 제가 최고의 텔레비전 방송팀을 데리고 있다고 믿거든요.

당신의 스태프들을 만난 적이 있어요. 그들도 상당히 훌륭하지만 저희 팀이 최고예요. 제가 생각하고 있는 것을 저희는 매일 낮 시간에 프라임타임대의 쇼에서 방송하잖아요. 그러다 보니 토크쇼가 놀랄 만큼 발전한 것 같아요. 제가 발전한 것처럼 말이죠.

래리 그렇군요.

오프라 그렇죠.

래리 당신은…… 매년 이런 소문들이 있던데…… 재정적인 면에서 토크쇼가 필요하지 않아서 당신이 그것을 그만둘 거라고요.

오프라 구두야 충분하죠, 래리.

래리 이멜다로군요!

오프라 당신이 바지 멜빵을 갖고 있는 것처럼 저는 구두를 갖고 있는 거죠. 휴식시간에 누가 더 많이 가지고 있을까

얘기 나눴잖아요. 당신이 바지 멜빵을 더 갖고 있는지 아니면 제가 구두를 더 갖고 있는지. 아무튼……

래리 거기까지요. 그것을, 토크쇼를 그만두겠다는 생각을 해본 적이 있나요?

오프라 계약 때마다 토크쇼를 그만둘까 생각하죠. 매번 계약 때마다 계약금은 올라가지만 말이에요. 1998년에는 정말로 토크쇼를 그만두려고 생각했어요. 정말로요. 그런데 그때에 전 소중한 경험을 하게 됐어요. 그리고 어떻게 감히 내가 피곤하다고 불평할 수 있는가를 깨닫게 됐죠. 아시다시피 저는 '피곤한' 것이 무엇인지 아는 사람들의 후손이잖아요. 그러니 제가 피곤하다고 불평을 할 수 있겠어요. 제가 피곤한지 어떤지는 모르겠지만요.

그때 전 주제 음악으로 "I believe I will run on and see what the end will be(내가 계속 달려가 그 끝을 보리라는 걸 난 믿어요)"를 제안하기로 결심했죠. 저는 이 매체, 이 토론 프로를 알고 있는 우리들—당신이나 저나 다른 사람들—을 믿기 때문이에요. 저는 이것이 세상에서 가장 훌륭한 공개 토론 프로라고 생각해요. 세상에서 어떤 공직을 차지하기보다 저는 이 일을 할 거예요.

래리 동감이에요.

오프라 *그래서 이 쇼를 계속하시는 거죠, 그렇죠?*

래리 물론이죠.

오프라 *저희는 여기 있어요, 지금 이곳에 앉아 있죠. 하지만 CNN은 세계 어디에든 있어요. 그 때문에 제가 CNN을 좋아하는 거예요. 해외에 있을 때에 CNN은 좋은 친구가 돼 주죠.*

래리 그래서 해 볼 만한 일이죠.

오프라 *그래서 해 볼 만한 일이에요.*

래리 저희는 유쾌하고 재능 있고―덧붙일 수식어가 너무나 많군요―이런 오프라 윈프리와 함께 곧 돌아오겠습니다. 그녀와 나눌 이야기가 너무나 많습니다. 여러분의 전화도 받습니다. 그녀의 16번째 시즌입니다. 우리의 16번째 시즌이기도 하고요. 인생은 돌아갑니다. 자리 뜨지 마세요.

(동영상 시작 '오프라 윈프리 쇼')

신원미상의 여인: 전 오프라의 자선 세일에 갔었죠.

오프라: 제 옷들을 파는 자선 세일을 열었어요. 그렇죠? 그리고 신발도요.

신원미상의 여인: 전 돈이 많지 않았어요. 직업이 없었거

든요. 그래서 가장 작은 것들 중에서 아주 적은 가격의 작은 검정색 구두를 하나 골랐어요. 저는 사이즈 7을 신는데, 그녀는 다른 사이즈를 신거든요.

오프라: 10

(웃음소리)

신원미상의 여인: 그래서 전 그 신발을 샀어요. 저는 그것을 정말로 좋아해서 제 침실에다 보관했어요. 그리고 정말로 우울하고 이야기 나눌 대상을 아무도 찾을 수 없을 때면 그 신발을 꺼내서……

오프라: 제 입장이 되었죠. 그녀는 제 입장이 되어보곤 했답니다. 기분을 좋게 하기 위해서 말이죠. 그런데 이제는 그것이 필요치 않다고 합니다. 그녀가 자신의 힘으로 해 나갈 수 있기 때문이죠.

(박수갈채)

오프라: 이제까지 들어본 이야기 중에서 최고의 이야기가 아닌가요?

(동영상 끝)

(동영상 시작 '오프라 윈프리 쇼')

오프라: 감사합니다. 감사합니다. 오프라 윈프리입니다. 전

국적으로 방송되는 바로 그 첫 번째 '오프라 윈프리 쇼'에 오신 걸 환영합니다.

(동영상 끝)

래리 저게 첫 회였죠. 저 날을 아주 또렷하게 기억하고 있을 것 같은데요.

오프라 *기억하죠, 16년 동안의 일들이 다 기억나는걸요.*

래리 예, 16년이나 됐죠……. 오프라가 되는 것에는 좋은 점과 나쁜 점이 있을 텐데요. 나쁜 점이라면 〈글로브(The Globe)〉지에 '오프라 망가지다(Oprah Breaks Down)' 따위의 글이 실리는 거겠죠. 타블로이드지의 기사가 당신에게 큰 충격이었을 거예요. 그렇지만 "로지 오도넬*', '오프라가 내 인생을 구했다'고 말하다("'Oprah saved my life,' says Rosie O' Donnell")"라는 기사도 있었어요. 당신은 어떻게 매주 그런 것을 전부 참고 견디는 거죠?

오프라 *글쎄요, 이제는 잘 처신하고 있지만, 예전에는 그런 모든 기사들 때문에 당황스러워하는 게 예사였어요. 〈칼*

---

*) Rosie O' Donnell: 코미디언 겸 영화배우, 워너브러더스 TV 주간 토크쇼 '로지 오도넬 쇼'의 전 진행자.

라 퍼플〉을 촬영하고 있었을 때로 기억해요, 래리, 그때 스티븐 스필버그가 〈타임〉지의 표지에 실렸거든요. 저희 모두는 아주 흥분해서 기사를 읽어 내려갔죠. 그런데 정작 당사자는 그것을 치워버리라고 하더군요.

그래서 제가 아마 이렇게 반문했을 거예요. "이것을 치워버리라고요?" 그러자 그는 자신이 그런 잡지를 절대 읽지 않는다고 그러더군요. 그래서 제가 말했죠. "이건 시시한 잡지가 아니에요, 이건 〈타임〉이에요." 그러자 그는 자신은 불쾌한 기사의 존재를 생각하지 않기 위해서 훌륭한 기사도 읽지 않는다고 하더군요. 그때만 해도 그렇게 명성이 있는 잡지의 표지에 등장하고서도 자신에 관한 기사를 읽지 않는 누군가를 전 상상조차 할 수 없었어요.

하지만 이제는 완전히 이해할 수 있어요. 정말이지 꼭 10년이 걸렸어요. 사람들이 저에 대해서 쓴 것이나 말하는 것에 당황하지 않도록 되는데 10년이 걸린 셈인 거죠. 그래서 지금은 정말로 그런 것들을 읽지 않아요. 더 이상 쳐다보지도 않죠.

래리 전혀 읽지 않아요?

오프라 정말로 읽지 않아요.

래리 '새천년의 여성지도자들―오프라의 시대(Women

of the New Century—The age of Oprah)'라는 글과 함께 당신이 표지를 장식했을 때의 〈뉴스위크〉는 읽었겠죠.

오프라 그건 읽었어요.

래리 당신이 '새천년의 여성지도자들' 기사를 읽은 건 그것이 유명한 잡지이기 때문이겠죠. 맞나요?

오프라 맞아요, 그래서 읽었어요.

래리 당신은……언제나…… 사생활에 대한 기사가 어디에나 있어요. 그런데 당신 남자친구가 저희 쇼에 출연해서 아주 잘 해냈어요. 그가 출연한 걸 봤나요?

오프라 그가 출연한 방송을 봤어요. 제 생각에도 그 사람이 아주 잘한 것 같아요. 하지만 그가 전화를 걸어야 했어요. 전 전화가 오기만 기다렸거든요.

래리 녹화해 놨어요. 오늘밤 당신한테 전화를 할게요.

오프라 좋죠, 저 전화 통화하는 거 좋아하거든요.

래리 모두가 관심을 갖고 있는 일이니 제가 질문을 하는 것도 좋겠군요. 하지만 제가 관심을 갖는 주제는 아니에요. 당신은 결혼할 생각인가요, 아니면 다른 생각이 있는 건가요?

오프라 다른 생각이요?

래리 그건 '예' 아니면 '아니요' 아니면 '그밖에 다른 대답'이 있냐는 거죠.

오프라 모르겠어요. 그 질문에 대한 답을 모르겠어요. 지난 15, 6년 동안 그 대답은 '아니요'였어요. 저희 관계는 서로 의지하고 결속력이 단단해졌다는 점에서 지난 수년 동안 더욱더 좋아지고 있어요. 저는 5년 전보다도 지금 더 그를 사랑하고 있어요. 저희는 극복해야 할 것들이 많았죠. 그가 토크쇼에서 말했던 것처럼요. 당신이 그에게 기대했던 것만큼 그가 솔직했던 건 아니었겠지만요.

래리 그렇긴 하지만, 그는 예의바른 사람이었어요.

오프라 그는 자신이 오프라 윈프리의 남자친구로만 불리는 것을 원치 않아요. 저는 그것을 충분히 이해해요. 그가 단지 저를 수행하는 누군가로 취급되는 것이 아니라 자신의 주체를 드러내고 자신만의 일을 가지기를 원하는 것을 말이에요. 그 문제가 그에겐 아주 중요했어요, 또 우리 관계에서도 그것이 중요해졌죠. 제가 대답을 할 수 있으면 좋겠네요. 이 질문이 나올 거라는 걸 알고 있었어요. 제가 대답할 수 있으면 좋을 텐데요.

래리 지금 이 시점에서 결혼이 중요한 의미를 갖나요 아니면 남은 인생을 그냥 커플인 채로 사실 건가요?

오프라 결혼이 제게 중요했던 적은 전혀 없었어요. 제가

결혼하는 것을 충분히 원하게 되는 것이 중요했을 뿐이죠.

래리 아, 큰 차이가 있군요.

오프라 결혼하는 것을 충분히 원하게 되는 것이 제겐 중요한 거였죠. 하지만 저희 관계는 실제로 정말로 견고해요. 이 질문이 오늘밤 나올 줄 알았기 때문에 저는 결혼을 했다가 현재 이혼을 한 모든 사람들……유명인들에 대해서 생각해 봤어요. 저희는 여전히 함께 하고 있잖아요. 당신이 만일 그에게 물어본다면 그가 어떻게 대답할지는 모르겠지만, 제 생각에는 만일 우리가 결혼했다면 이런저런 압박감 때문에 아마 여전히 함께 하지는 못했을 거 같거든요.

자유로이 각자의 길을 갈 수도 있고, 또 서로 의지하든 하지 않든 마음대로 할 수 있다는 것을 저희 둘 다 항상 염두에 두고 있기 때문에 저는 그것이 오히려 저희 관계에 도움이 되었고, 또 이점으로 작용했다고 생각해요. 평생 저희가 행동하고 이야기하는 일거수일투족을 주시하는 타블로이드지와 사람들 속에서 살아야 한다는 점에서 보면 말이죠.

래리 당신의 사생활이……당신이 진행하는 쇼에서 여러 차례 당신의 사생활을 언급하던데, 당신의 사생활이 대중의 관심사인가요?

오프라 사실 그런 건 아니죠. 공교롭게도 제가 솔직하고 무엇에 대해서든 아무것도 감추는 것이 없는 사람이라서 그런 거지요. 이건 인정해요, 당신이 지난 몇 년 동안 절 지켜보았다면 제가 그의 이름을 거의 꺼내지 않는다는 것을 아셨을 거예요. 사람들이 제가 결혼하고 싶어한다고 생각하는 이유가 그 때문이라는 걸 깨달았거든요. 사람들은 제가 그에 대해서 이야기하면 그저 별 생각 없이 그의 이름을 꺼내는 것뿐인데도, 맙소사, 제가 그와 결혼하기를 바란다는 것으로 결부지어 생각하는 거예요. 그건 사실이 아니에요. 전혀 사실이 아니죠.

래리 사람들이 왜 그 문제에 열중할까요? 사람들은 왜 오프라가 결혼을 할지 안 할지에 그렇게 관심을 갖는 걸까요?

오프라 글쎄요, 제가 토크쇼를 지금 16년째 진행해 오고 있는데 미국인들은 머리 속에 온통 결혼에 대한 생각밖에는 없어요. 그런데 그들이 그처럼 사로잡혀 있는 것은 결혼 그 자체가 아니에요. 그들은 제가 행복하게 결혼하는 것에는 관심도 없어요. 그들은 결혼식을 원하는 거예요. 그저 결혼식을요. 비둘기들이 날아가고 예쁜 오스카 드 라 렌타(Oscar De La Renta) 드레스가 있는 결혼식을요. 오프라가 무엇을 입었지? 케이크에다 얼마를 썼을까? 누가 참석했지? 래리가 거기에 왔었나? 그들이 알고 싶은 건 이런 것들 뿐이에요.

그들은 제 인생에 관심이 있는 게 아니에요. 그것이 의미가 있는지, 거기에 진정한 교분이 있는지, 친밀한 관계가 있는지는 도통 관심이 없어요. 그들은 그저 그것이 멋진 결혼식이었는지 알고 싶어할 뿐이죠. 그러고 나면 눈앞에 닥치는 문제가 '아이들은 어디 있나요?' 이겠죠. 하지만 임신을 하기엔 제 난자가 너무 늙은 거 같아요, 래리. 그런데 당신 것은 그렇지 않다는 거 알아요.

래리 예, 예. 그것들은 대단한 꼬마들이에요. 당신도 한번 시도해 봐야 해요. 오프라는 기업가입니다. 잡지에 대해서 질문하려고 합니다. 궁금증은 광고 뒤에 바로 풀어보도록 하겠습니다. 그녀는 〈칼라 퍼플〉을 언급했습니다. 오프라는 왜 더 많은 영화에 출연하지 않는 걸까요? 잠시 뒤에 이것도 알아보도록 하겠습니다. 자리 뜨지 마세요. 곧 돌아오겠습니다.

(동영상 시작 〈칼라 퍼플〉)

오프라: 평생토록 나는 싸워야 했어요. 아버지와 싸워야 했고, 삼촌들과 싸워야 했고, 남자형제들과도 싸워야 했어요. 여자아이는 남자 가족들 안에서 안전하지 않아요. 하지만 내 자

신의 집에서 싸워야 한다는 것을 나는 한번도 생각해 본 적이 없어요!

(동영상 끝)

래리 주목할 만한 영화 〈칼라 퍼플〉에서 오프라였습니다. 훌륭해요, 왜 영화를 더 하지 않는 거죠?

오프라 전 낮에 일을 하거든요. 그리고 지금은 저녁에도 일을 해서요.

래리 〈칼라 퍼플〉에서 연기를 아주 잘했어요.

오프라 고마워요, 래리. 연기가 인생에서 제가 가장 하고 싶다고 생각했던 일이에요. 그런데 지금은 그것이 제가 가장 하고 싶은 일이 아니라는 것을 알아요. 제가 정말로 가장 하고 싶은 일은 다른 사람들의 삶에 좋은 영향을 미치기 위해서 어떤 방식에서든 제 인생을 이용하는 거예요. 그래서 그것이 제가 제작하는 영화라면, 이를테면 〈모리와 함께 한 화요일(Tuesdays With Morrie)〉 같은 영화요. 이 영화에는 저나 누군가 다른 유색인을 위한 배역이 하나도 없어요. 그렇지만 상관없어요. 그것의 영향력이나 메시지가 중대했기 때문이죠. 사람들에게 인생의 마지막 날이 언제 올지 모르니 지금 사랑하는 것이 필요하다는 것을 알려주잖아요.

제가 정말로 가장 하고 싶은 일은 다른 사람들의 삶에 좋은 영향을 미치기 위해서 어떤 방식에서든 제 인생을 이용하는 거예요.

그래서 그 영화는 제게 의미가 있었어요. 〈여자들이 날개를 갖기 전에(*Before Women Had Wings*)〉는 오프라 윈프리 프레즌트(*Oprah Winfrey Presents*)의 일부로서 제게 중요한 영화였고요. 지금은 〈그들의 눈은 신을 보고 있었다(*Their Eyes Were Watching God*)〉를 작업 중이에요.

이건 제가 가장 좋아하는 책이거든요. 여기에도 저를 위한 배역은 없지만, 제 생각에는 그 메시지가 대단히 의미 있고 강력한 것 같아요. 보시다시피 제가 이런 일을 하고 있기 때문에 연기 일에서 다소 떨어져 있게 되었던 거예요. 정확히 말해서 이게 그 이유죠. 제가 처음 볼티모어로 갔을 때에 저는 배우가 되고 싶었어요. 그리고 나서 텔레비전 뉴스를 하는 이 직업을 갖게 됐지요. 그래서 저는 연극에 마음을 쓸 시간이 없었던 거예요.

래리 제작 일이 직접 연기를 하는 것만큼 즐거움을 주나요?

오프라 사실 전 가장 행복한 때가, 만약에 당신이 저한테 전생애에서 가장 행복했던 때를 묻는다면, 제 말은 제 마음속에서요, 그 순간들을 아세요? 사람들이 출산에 대해 이야기하면서 아기가 처음 자궁에서 빠져 나올 때가 가장 행복한 순간이라고 말하는 걸 들었거든요. 저는 두 영화에서 연기를 할 때가 그런 순간이었어요.

첫 번째 영화 〈칼라 퍼플〉을 촬영할 때 저는 사랑이 무엇인지를 처음 알게 됐어요. 그 영화에 관계하는 모든 사람들과 사랑에 빠졌지요. 저는 그것을 열정이라고 생각했어요. 그리고 조나단 드미와 케이트 포트(Kate Forte), 그리고 〈사랑하는 사람〉의 모든 사람들과 함께 작업할 때도 마찬가지였어요. 이 두 번이 제가 가장 행복했다고 말씀드린 그때에요. 그때에 저는 너무 행복해서 아침에 일하러 가는 길에 차창을 내리면서 사람들에게 이렇게 말했어요. "당신 드레스가 마음에 들어요. 커피 한잔 하시겠어요, 부인?"

래리 그런데 이야기 중에 당신은 모성애를 언급했어요. 당신은 어머니가 되고 싶나요, 아이를 입양하거나 아이를 낳고 싶은가요?

오프라 입양이 전혀 불가능하다고는 생각지 않아요. 지금 제가 말할 수 있는 건 이것뿐이에요. 그 문제를 스테드먼과 서로 상의해 보지 않아서요. 어느 타블로이드지에 제가 입양 얘기를 꺼냈다느니, 그가 그것을 받아들이지 않았다느니, 기타 등등의 기사가 나왔다는 얘기를 들었어요. 하지만 그 문제에 대해서 전 그와 의논한 적이 없어요. 그렇지만 그것이 전혀 불가능한 일이라고는 생각지 않아요, 래리.

래리 당신이 훌륭한 어머니가 될 거라고 생각지 않나요?

오프라 제 자신을 위하여 일하는 지금 같은 상황에서는 제가 훌륭한 어머니가 될 수 있다고는 생각지 않아요. 제 생각에는 집에 계시면서 자녀들을 돌보는 어머니들이 훌륭한 어머니가 될 가능성이 있는 것 같아요. 일하는 어머니들 대부분이 훌륭한 어머니가 될 가망이 없다는 것을 저는 잘 알거든요. 하지만 저는 어머니가 이 세상에서 가장 위대한 직업이라고 생각해요. 정말로요.

그렇지만 저와 같은 스케줄을 가지고 있는 경우에는, 엄마가 되면 해야 하는 일뿐만 아니라 다른 모든 일을 다 할 수 있다고는 생각지 않아요. 이런 스케줄 속에서 제가 좋은 엄마가 될 수는 없어요. 아니요, 전 못해요. 제 생각에는……

래리 하지만 그 가능성을 배제하는 건 아니지요.

오프라 물론 그런 건 아니에요. 하지만 전 정말 이렇게 생각해요, 래리. 어머니가 되는 사람들이 많이 있다는 거 알아요. 자신의 아이를 낳아서 어머니가 되는 사람들 말이에요. 하지만 제가 원하는 건 그게 아니에요. 저는 어떤 점에서 제가 세상의 아이들을 양육하고 후원하는 관리인이라고 생각해요.

그것이 제가 모은 모든 재산을 가지고 앞으로 제 인생에서 할 수 있기를 바라는 일 중의 하나예요. 일단 신발이나 집이나 물건 등을 잔뜩 갖고 있다면 그것이 무슨 소용이 있겠어요? 세계의 어린 소녀들과 여성들을 교육하고 원조하는 수단으로 그 돈을 사용할 수 있지 않겠어요. 전 여성의 삶을 규정짓는 것이 교육이라고 생각해요. 교육은 여성의 삶에서 모든 것을 변화시킬 수 있어요.

교육을 받은 여성들은 출산시 사망하지도 않고, 또 자신들을 불행하게 하는 결혼생활에 머물지도 않고, 자신들이 학대받는 것을 묵인하지도 않아요. 즉 교육은 모든 것을 변화시켜요. 그래서 저는 제 자신을, 제 돈을, 제가 갖고 있는 것 무엇이든 여성들과 여자 아이들을 위해서 그들이 변화하는 것을 돕는 데 쓰고 싶은 거예요.

래리 바로 그거예요. 잠시 뒤에 오프라에게 온 전화를 연결하도록 하죠.

오프라 저 통화하는 거 좋아해요!

래리 오프라는 전화 통화를 좋아합니다. 그래서 전화 연결을 하려고 합니다.

그런데 내일 밤은 개리 콘디트*⁾ 하원의원의 따님인 캐디 콘디트(Cadee Condit) 양과의 독점 인터뷰가 준비되었습니다. 내일 밤이 그녀의 첫 번째 방송 출연입니다.

그래서 저는 제 자신을, 제 돈을, 제가 갖고 있는 것 무엇이든 여성들과 여자 아이들을 위해서 그들이 변화하는 것을 돕는 데 쓰고 싶은 거예요.

오프라와 함께 곧 돌아오겠습니다. 자리 뜨지 마세요.

(동영상 시작 〈사랑하는 사람〉)

오프라: 내 등에는 나무가 하나 있어요. 난 우리 집이 싫어요. 가슴에 품고 있는 딸 외에는 아무것도 없어요. 무의미한 것에선 달아나지 않아요. 내 말 들려요? 이 세상에서 그런 것에선

＊) Gary Condit : 캘리포니아주 출신의 민주당 하원 의원으로, 워싱턴의 FBI 부속기관에서 인턴으로 일하던 챈드라 리비의 실종사건(2001년 4월)과 관련해 조사를 받음.

절대 달아나지 않을 거예요! 오세요. 여기 앉아서 드세요, 아니
면……

(동영상 끝)

래리 이것은 〈인 스타일(In Style)〉과 〈스포츠 일러스트
레이티드(Sports Illustrated)〉 이후로 가장 성공한 잡지입
니다. 두 잡지는 내리막길을 걷고 있다죠. 이것은 바로
〈오, 매거진〉입니다. 어떻게 이 일을 시작하게 됐나요?

오프라 엘렌 레빈(*Ellen Levin*)이 — 전 그녀를 퀸 레빈
(*Queen Levin*)이라고 불러요 — 어느 날 캐시 블랙(*Kathy*
Black)과 함께 저를 보러 와서는 묻더군요. "잡지를 만드는
게 어때요?" 다른 많은 사람들이 잡지를 출간하는 문제로 제
게 접근하고 있었거든요. 알다시피 저희 같은 사람들은 평
생 사인을 하면서 살게 되잖아요. 그래서 전 생각하고 또 생
각하고 있었어요. 그때 엘렌 레빈이 제안을 한 거죠. 저는 그
녀에게 많은 관심을 갖고 있었어요. 그녀가 수년간 〈굿 하우
스키핑(*Good Housekeeping*)〉에서 일했는데, 그쪽 사람들이
제게 언제나 정중하게 대했었거든요. 모든 점에서요.

그래서 저는 그 미팅을 받아들였고, 저희는 한 자리에
앉았죠. 그녀가 말하더군요. "당신은 꼭 이 일을 해야 해요,

이 제안은 굉장한 거예요." 전 우쭐해서 이렇게 대답했어요. "아, 아주 멋진 제안이네요, 하지만 전 일이 있어요. 제 쇼가 있잖아요. 그 쇼에서 전 꽤 강한 영향력을 발휘할 수 있어요. 잡지를 내야 할 하등의 이유가 없네요."

그러자 그녀가 말하더군요. "아, 이유가 하나 있어요. 이건 글로 쓰여진 말이기 때문이에요. 당신이 일단 방송에서 어떤 것을 말하면 그건 그 자리에서 없어져요. 사라져 버리는 거죠. 하지만 글로 쓰여진 말은 사람들이 가지고 있을 수 있는 유형의 작품이 되는 거예요. 이건 개인의 성장을 위한 지침서로 사용될 수 있어요. 당신이 토크쇼에서 매일 하고자 하는 것을 인쇄물을 통해서 이루는 거죠." 그리고 그것이……그것이 제가 이 일을 하게 된 이유였죠.

래리 왜 매회 표지에 당신이 등장하는 건가요?

오프라 달리 생각나는 게 없기 때문이죠. 아이디어가 있으시면…… 표지 사진을 촬영하는 일에도 지쳤거든요. 저는 처음부터 그들에게 말했어요. "매달 어떤 유명인을 표지에 등장시킬 건지 찾아내려고 애쓰면서 유명인을 표지에 쓰지는 않을 생각이에요."

아시다시피 지금의 제가 사람들이 자신들의 잡지를 팔기 위해서 그 표지에다 저를 등장시키려고 애쓰는 그런 위

치에 있잖아요. 제가 매회 표지에 등장하는 건, 그 진짜 이유
는 더 좋은 아이디어가 없기 때문이에요. 누군가 더 좋은 아
이디어를 가지고 있다면……마사*⁾처럼 말이에요. 그녀도
처음 17호까지는 자신이 표지를 장식했어요. 그리고 나서
그들은 꽃이나 땡벌, 스노콘(시럽으로 맛을 낸 셔벗의 일종—옮
긴이), 호박, 그리고 많은 아름다운 것들을 표지에 싣는 쪽으
로 결정을 내렸죠.

그런데 저희 잡지는 사물에 관한 것이 아니에요. 무형
의 것에 관한 잡지이죠. 그런 건 사진을 찍을 수 없잖아요.
제가 표지에 등장하는 건 그런 이유 때문이에요.

래리 그런데 당신이 직접 실무에 참가하나요, 독자들
이 잡지를 보기 전에 당신이 모든 페이지를 일일이 읽어
보는 건가요?

오프라 페이지 하나하나 다 보죠. 모든 페이지를 다 읽어
봐요. 그래서 제가 낮에도 일이 있고 저녁에도 일이 있는 거
예요. 토크쇼를 진행하고 나서 3시쯤에 컴퓨터 앞에 앉아서
잡지 일을 시작해요. 제가 모든 것을 다 확인해요.

●┈┈┈┈┈┈┈┈┈┈┈┈┈┈┈┈┈┈┈┈┈┈┈┈┈┈┈┈┈┈┈┈┈┈┈┈┈

*⁾ Martha Stewart: 미국의 생활 잡지 〈마사스튜어트 리빙(Martha Stewart
　Living)〉의 발행인이자 미국의 대표적인 생활 프로그램 진행자. '살림의 여
　왕'으로 불림.

래리 잠시 광고를 보고나서 여러분의 전화를 받겠습니다. 오늘밤 초대 손님은 멋진 여자, 오프라 윈프리입니다. 여기는 '래리 킹 라이브' 입니다. 자리 뜨지 마세요.

(동영상 시작 '오프라 윈프리 쇼')

오프라: 자서전 〈내가 지켜야 할 본분(A Charge to Keep)〉에서 "다른 사람들로 하여금 자신들을 정의하게 해서는 안 된다"고 말씀하셨지요. 대통령께서는 어떠신지 궁금하군요, 별명으로 "더블유(W)"를 좋아하시나요?

조지 W. 부시 대통령: 물론이죠.

오프라: 제가 듣기로는 어머님께서는 그것을 좋아하지 않으신다고요. 하지만 아무튼 말하기에는 좋은데요. 더블유, 더블유, 더블유가 집에 있다.

(동영상 끝)

래리 오프라와 함께 하고 있습니다. 저희가 가능한 많은 전화를 받아놓고 나서 전화 연결을 하도록 할게요. 저는 토크쇼에도 시즌이 있다고는 생각하지 않았지만 이번이 당신에겐 새로운 시즌이라면서요. 관심을 끌 만한 뭔가 새로운 것이 있나요?

오프라 지금이 저희가 16년 전에 쇼를 시작했던 때라서 새로운 시즌이라고 부르는 거예요. 저희가 쇼를 처음 시작했던 날이 9월 8일이에요. 새로운 시즌은 9월 10일에 시작되고요. 새 시즌은 필과 함께 할 거예요. 그는 초대 손님들과 전문가들, 그리고 자신들이 무엇에 대해 이야기하는지 알아야 하는 사람들을 오랫동안 인터뷰해온 사람이에요. 저는 자신의 일을 잘 아는 사람들, 특히 인간 기능에 관해서는 필 맥그로 박사보다 더 나은 사람을 아무도 만나지 못했어요.

래리 그런데 필이 다음날 밤에 저희 토크쇼에 출연하죠?

오프라 다음주요, 맞아요?

래리 예, 11일에요.

오프라 알겠어요. 그래서 9월 10일에 그와 함께 하는 연속 프로그램으로 새 시즌을 시작해요, 래리. 월요일과 화요일에 시작하고, 그 다음부터는 화요일마다 방송하게 될 거예요. 그것들을 아직 편집하는 중이라서요.

이 프로그램은 인간 기능과 정신 역학에 관하여 살피려는 거예요. 저희가 이 쇼를 다루려는 것은, 제가 이 쇼를 다루려는 것은—제 인생을 다루려는 것이나 마찬가지인데—사람들이 그들이 어떤 생각에 머물러 있는지 알게 하고, 또 그들의 잠재력이 어떤 것이든지 그것에 부응할 수 있게 하기 위해서예요.

그러니까 제 자신을 위해서 이 프로그램을 하려는 거지요. 제가 현재의 위치에 절대 만족하지 못하는 사람이라서요. 저는 언제나 한계에 도전하려고 해요. 다음 단계는? 또 다음 단계는? 더 나은 사람이 되기 위해서 내 자신을 어떻게 변화시킬 수 있을까?

그런데 제 생각에는 필인 것 같아요. 제 말은, 저는 위축된 적이 없었지만 만약에 제가 위축된다면 그건 필 맥그로 때문일 거라는 의미죠.

그래서 저희가 했던 것은 한 방에다 42명의 사람들을 함께 넣은 거예요. 42명의 사람들과 12대의 카메라를 5일 동안 필과 함께 한 방에다 가둬 놓은 거죠. 역기능도 있었지만, 그 결과로써 드러난 것은 각각의 사람들이 어떻게든 변하게 된다는 사실이었어요.

래리 그러면 우리가 그걸 화요일마다 볼 수 있는 건가요?

오프라 예, 이번 9월 10일 월요일에 시작해서 화요일마다 보실 수 있어요.

래리 와!

오프라 흥미로울 거예요.

래리 야아, 멋진 아이디어네요. 오프라에게 온 전화를 이제 받아보도록 하죠. 미시건의 클린턴 타운십(Clinton Township) 연결됐습니다, 여보세요?

시청자 여보세요?

래리 안녕하세요?

시청자 안녕하세요? 이 말을 드리고 싶어요, 오프라, 당신이 제가 더 좋은 엄마가 되고, 또 담배도 끊을 수 있도록 힘이 되어주고 있어요. 그리고 방금 말씀하셨던 것이 다음 단계로 나아가기 위해 자신을 어떻게 분발시키는가 하는 거였잖아요.

오프라 예.

시청자 제게는 당신의 쇼가 그런 존재였어요. 그래서 감사드려요. 그리고 제 질문은 당신 자신을 위하여 노력하고 있는 새로운 목표가 있는가 하는 거예요. 당신을 위해서 그렇게 하고 있는 게 뭔가 있나요?

래리 뭔가 해보고 싶은 게 있어요, 당신이 하지 않았던 것 중에서요?

오프라 저는 마음이 열려 있는 사람이에요, 래리. 제가 원하는 건 없어요. 왜냐하면 저는 그동안 제가 하리라고 기대조차 하지 못했던 많은 일들을 할 수 있었으니까요.

제 철학 중 하나가 '언제나 할 수 있다는 꿈을 꾸자'예요. 제가 볼티모어에 있을 때 저는 일년에 22,000달러를 벌었어요. 당신이 저를 만났을 때 말이에요. 그때 저는 늘 이렇게 생각했죠. "내 연봉이 내 나이와 같을 수 있으면······" 그러면 지금 전 47,000달러를 버는 거예요.

그래서 저는 이제 절대자 하느님이 우리가 언제나 스스로 꿈꾸는 것보다 더 큰 꿈을 꿀 수 있도록 우리들을 창조하셨다는 것을 믿어요. 그래서 저는 제 자신을 열어놓으려고 하는 거예요, 미시건 클린턴의 시청자님. 저는 어떤 가능성에든 제 자신을 열어놓으려고 해요.

에밀리 디킨슨*)의 인용구 중에 제가 아주 좋아하는 훌륭한 인용구가 하나 있어요. 그녀는 그녀의 시에서 이렇게 말해요. "난 가능성에 머물며 산다." 이것이 제 인생을 이끄는 방법이에요. 저는 가능성

> 제 철학 중 하나가 '언제나 할 수 있다는 꿈을 꾸자'예요.

---

*) Emily Dickinson: 1830~1886, 미국의 서정시인, '뉴잉글랜드의 신비주의자'라고 불림.

에 머물며 살아요. 그래서 저는 다음에 나타나는 것이 무엇이든지 기분 좋게 받아들여요.

래리 이번엔 씨엔엔닷컴에 올라온 질문이에요. 오프라는 언제 다시 야외무대에서 토크쇼를 진행할 건가요?

오프라 글쎄요, 모르겠어요. 아시다시피 그렇게 하려면 경비가 너무 많이 들어서요.

래리 그렇긴 하죠.

오프라 마지막으로 야외무대에서 토크쇼를 진행했던 게 바하마(Bahamas)였던 것 같아요. 그런데 그곳에서 했던 건 단지 화려한 무대를 마련했던 시카고가 지독히 추웠기 때문이었어요.

래리 올 겨울에도 추워질 거예요.

오프라 날씨가 좋지 않을 거라고 들었어요. 그래서 야외무대에서 토크쇼를 언제 진행할지는 모르겠어요. 적당한 때라고 생각되면 야외에서 쇼를 하겠다고 제가 늘 말씀드렸거든요. 그런데 아무래도 추웠던 것 같아서요, 뭐라고 말씀드릴 수 없네요. 그 질문에 대해서는 답변을 드리지 못하겠어요.

래리 그런데 산타바바라(Santa Barbara)에 대저택을 구입했다죠?

오프라 예, 그랬어요.

래리 캘리포니아에서 살 생각인가요?

오프라 캘리포니아에서 살지는 않을 거예요. 토크쇼가 여기 시카고에 계속 남아 있을 테니까요. 스튜디오가 이곳에 있잖아요. 토크쇼의 무대를 그곳으로 옮기는 일을 생각조차 해보지 않았어요. 원래는 플로리다에 집을 갖고 있었거든요. 스테드먼과 제 소유로요. 그런데 산타바바라의 집 때문에 플로리다의 그 집을 포기했어요.

그 집이 눈에 보였어요, 래리. 팔려고 내놓은 집도 아니었는데도요. 그 집은 밥(Bob)과 말린 빌로스(Marlene Vilos) 부부의 보금자리였어요. 그런데 제가 그 집을 본 거예요.

래리 그래서요?

오프라 나머지는 그녀의 이야기예요. 어쩐지 제가 〈바람과 함께 사라지다(Gone with the Wind)〉의 스칼렛(Scarlet)이 된 것 같은 생각이 들었어요. 그 집이 저의 타라(Tara: 주인공 스칼렛의 고향. 그녀는 미국 남부 조지아주 타라 농장에서 성장함. -옮긴이)였죠.

래리 그래서 당신은 피셔 아일랜드(Fisher Island)를 떠났나요?

오프라 예, 사라졌죠.

래리 사우스캐롤라이나(South Carolina)의 콜롬비아(Columbia) 연결합니다, 여보세요?

시청자 안녕하세요, 오프라, 다른 쇼들이 최저 시청률에 굴복했을 때도 당신은 시청률을 위해서 토크쇼의 질이나 내용면에서 타협하지 않은 점을 칭찬하고 싶고, 또 감사해요.

제 질문은요, '제리 스프링거(Jerry Springer)'나 '제니 존스(Jenny Jones)'와 같은 쇼들의 인기가 상승한 것이 무엇 때문일까요? 그 쇼들의 내용은 그다지 바람직하지도 않고, 확실히 당신이 제작하는 것과 같은 부류나 질도 아니잖아요.

오프라 *우선 첫째로, 사실 그 쇼들은 더 이상 인기가 오르고 있지 않아요. 2년여 동안 그것들은 인기가 있었어요. 특히 제리에 대해서는 제가 잘 알아요. 왜냐하면 몇몇 시장에서 그가 저희를 이겼기 때문이죠. 그런데 지금은 모두 비슷해졌어요. 그 쇼들이 서로 치고받는 싸움을 관뒀기 때문인 것 같아요.*

하지만 이 말은 해야겠네요. 저는 우리가 많은 다른 목소리들을 들을 수 있는 나라에 사는 것이 멋진 일이라고 생각해요. 그리고 인기의 상승은 실제로 그것이 상승하고 있

다면 그 쇼를 보고 싶어하고, 그 쇼를 알고 싶어하고, 거기에 자신들과 어떤 공통의 특징이 있다고 생각하는 사람들이 있기 때문인 거예요.

제가 믿는 것은 그것이 단지 짧은 시간동안만 지속된다는 것이죠. 그래서 저희들 각자는 방법을 찾아야 하는 거고요. 자신만의 방식을요. 그런데 제 방식은 다른 모든 사람들의 방식과는 같지 않아요. 그거 알아요, 저는 모든 사람들이 저와 같은 방식으로 토크쇼를 진행하는 것을 원치 않아요.

저는 누구나 기회가 있다고 생각해요. 저희가 말하는 것은 그것이 제가 믿는 것이기 때문에 이야기하는 거예요. 그러니까 제가 매일 진행하는 토크쇼는 저의 개인적인 신념과 도덕적 규범을 반영한다는 말이에요. 그리고 다른 쇼들은 그것들을 만드는 게 누구이든지 그들의 신념과 도덕적 규범을 반영하는 거고요. 그래서 저는……

래리 충격을 받았군요…….

오프라 ……전 정말로 운이 좋았어요. 지금 이때까지 굉장히 멋진 두 명의 킹과 함께 일했기 때문에요. 저에게는 로저 킹(Roger King)과 마이클 킹(Michael King)이 있어요. 그들은 제 쇼의 배급을 맡고 있는데, 제게 토크쇼를 어떻게 제작하라고 한번도 이야기조차 꺼낸 적이 없다니까요.

래리 전에 거의 그들과 일할 뻔한 적이 있어요.

오프라 그랬어요?

래리 예, 1990년에요.

오프라 그랬군요. 그들은 상당히⋯⋯

래리 대단한 사람들이죠.

오프라 멋진 남자들이고요.

래리 유쾌한 사람들이에요.

오프라 맞아요.

래리 어어, 로저는⋯⋯

오프라 로저는 이 세상 최고의 세일즈맨이죠.

래리 지금까지 살았던 사람들 중에서요.

오프라 예, 지금까지 살았던 사람들 중에서요. 그의 도움이 오늘날 제가 이 자리에 있는 이유들 중의 하나에요. 정말로 그 덕분이죠.

래리 잠시 뒤에 오프라와 더 이야기를 나누고 전화도 더 받도록 하겠습니다. '래리 킹 라이브'에 채널 고정하세요. 내일 밤에는 개리 콘디트 하원 의원의 따님인 캐디 콘디트 양이 출연합니다. 자리 뜨지 마세요.

(동영상 시작 '오프라 윈프리 쇼')

오프라: 당신이 정말 세상 꼭대기에 있는 것 같은 느낌인가요, 마치 모든 카메라가 당신을 위하여 찰칵대고 있는 것 같나요?

줄리아 로버츠 : 그런 것 같아요. 하지만 전 정상에 있는 것이 두려워요. 그래서 조금 불안하기도 하죠.

오프라 : 정말이요?

줄리아 : 예, 그래요, 정말이에요. 그런데 사람들은…… 알다시피 저는 정말로 감사하려고 해요, 그렇지만 사람들은 "오, 완벽해요, 완벽해, 굉장하군요, 훌륭해요"라고는 말하지 않아요. 그건 '자고 일어나니까 스타가 됐군요' 라는 조롱과 같아요.

(동영상 끝)

래리 오프라와 함께 하고 있습니다. 다음 전화를 받기 전에, 먼저 당신은 여전히 체중이 늘었다 줄었다 반복하는 문제를 안고 있지요? 체중 문제가 변함없이 자신의 의지와 노력에 달려 있는 건가요?

오프라 그럼요.

래리 그럼 체중과의 전쟁이 일상이겠네요?

오프라 저는…… 그거 아세요, 제가 마침내 그 문제에서 벗어날 수 있을 것 같아요. 지금은 체중 증가가 감정과 연결

되어 있다는 것을 알거든요. 그것은 거의 중독이 되는 것과 같아요. 제게는 나쁜 습관이 많이 없어요.

저는 늘 제가 나쁜 습관을 많이 갖고 있지 않다고 생각했어요. 마구 먹기만 할 뿐이죠. 체중이 증가하는 것이 단지 운동을 하는지 안 하는지, 감자칩이나 어떤 기름진 음식을 좋아하는지 안 하는지에 관한 문제라고만 생각했어요. 그런데 사실 아시다시피 제가 균형을 잘 잡지 못해요. 그런 이유로 체중이 계속 불어나기만 하는 거고요. 그래서 저는 요즘 제 감정을 움직이려고 노력하고 있어요. 감정을 다스려서 스트레스를 받으려고요. 스트레스를 먹어서 푸는 대신에 그냥 스트레스를 받도록 내버려두는 거죠.

래리 누군가 말했죠, F. 스콧 피츠제럴드(F. Scott Fitzgerald)였던 것 같은데, 그는 "부자들은 당신이나 나와는 다르다"라고 했어요. 그러나 누군가는 아마 지켜 보고 나서 이렇게 말할 거예요. "오프라는 세상에 모든 것을 갖고 있다."

오프라 맞아요.

래리 누구나 바라는 많은 돈을 갖고 있어요. 그녀는 세상에서 가장 부유한 여인이죠. 그 때문이 아니라면 그녀에겐 무엇이 스트레스가 될까요?

오프라 무슨 일이 생겼어요.

래리 오, 당신이 무슨 말을 하는지 모르겠군요.

오프라 이건 사람들이 절차상의 어려움이 있다고 말하는 그런 경우에요.

래리 알겠어요. 곧 돌아오겠습니다. 잠시 뒤에 그것들을 해결하도록 하죠. 자리 뜨지 마세요.

래리 자, 좀 전에 이야기가 갑자기 중단됐어요.

오프라 그러게요.

래리 권력자에 의해서예요. 문제는 F. 스콧 피츠제럴드가 "부자들은 당신이나 나와는 다르다"라고 말했다는 거였어요. 누군가는 의아해져요. 그에게는 지금 안락의자에 깊숙이 앉아 있는 어떤 사람이 떠올라요. 오프라가 스트레스에 관하여 이야기하는 것을 들으면서 그녀가 언제 스트레스를 경험할까 생각해 보죠.

오프라 예, 정말로 스트레스가 있어요. 앞서 말했듯이 저는 먹는 것으로 그것을 해결하기 때문에 스트레스가 많지 않은 거였죠. 그런데 이제는 그렇게 하지 않으려고 하잖아요. 어떤 스트레스라도 그것을 경험하도록 제 자신을 내버려두려고 하거든요. 어느 일정한 시간만이라도 칩이나 땅

콩, 포도, 크랜베리, 기타 등등에 손을 뻗지 않고서 스트레스를 받아들이지 않으면 안 되는 거예요.

그건······이런 이야기는 다른 때에 둘이서만 하도록 하죠. 이 얘기하다 시간이 다 가버리겠어요. 하지만 유명하게 된다는 것에 대해서는 이야기하고 싶어요. 당신이 하는 것처럼 저도 사람들을 인터뷰하잖아요. 그런데 누구에게도 제가 그 문제에 대해서 정말로 솔직하다는 점을 이해시키지는 못할 거예요. 왜냐하면 래리, 유명하게 되는 건 자신을 떠나서 사는 것이기 때문이에요.

마침 오늘 '북클럽'을 녹화했어요. '북클럽'에 출연한 몇몇 초대 손님들이 제게 그러더군요. "당신이 미전역의 사람들에게 주는 영향을 실감하나요?" 그래서 저는 대답했죠. "사실 실감하지 못해요." 왜냐하면 그건 자신이 사람들에게 주는 영향에 대하여 빈둥거리면서 생각할 시간이 있는 사람, 1인자만이 알 수 있는 거잖아요. 그렇다면 어떤 자아를 지닌 사람이 그럴까요? 그러므로 유명하다는 것은 이런 거예요. 제 잡지의 표지에 제가 나오기 때문에 이럴 때가 있어요. 전에 이런 일이 있었어요. 제가 월그린(Walgreens)에 니베라 로션을 사러 들어갔을 때에 저는 잡지에 있는 제 사진을 보게 됐어요. 그리고 그 순간이 있었죠. 저는 그것에 마음이 끌렸을 거예요. 제가 이렇게 말했던 걸 보면요. "어머, 흑인 여자가 있네. 저 여자가 누굴까?"

그런데 표지에는 제가 있는 거예요. 마치 제 자신을 바깥쪽에서 보는 것 같았죠. 저는 아직도 제 자신을 과정 중에 있는 사람으로 생각하고 있기 때문에 그것이 생소한 상황이었어요. 할 수 있는 한 최고의 사람이 되려고 저는 여전히 노력하고 있어요. 저는 볼티모어에서 왔어요. 그리고 이렇게 아주 훌륭한 직업을 얻었어요. 많은 사람들이 저를 매일 보지만, 저는 다른 사람들이 고심하는 것과 똑같은 문제들로 고심하고 있는 사람일 뿐이죠.

래리 그렇죠.

오프라 숨을 거둘 때에 제가 후회할 일들이 전혀 없었으면 좋겠어요. 제 마지막 판단으로 마지막 숨을 멈추고 싶어요. 정말로 그렇게 되길 바래요. 땅속으로 사라져 그렇게 하길 원해요. 그리고 천사들과 하이파이브도 하고 싶어요. 정말로요. 그래서 저는 저에 대해서 생각하지 않는 거예요. 그리고 다른 사람들이 보는 방식으로 제 자신을 보지 않는……보지 않을 수 있는……보지 않는 것이 정말로 다행이라고 생각하는 거고요.

래리 아, 흥미로운 토론이었어요. 유명하게 된다는 것에 관해 이야기하는 데만 하룻밤을 할애해야 할 거예요.

오프라 맞아요. 저희가 어떻게 할 건지, 어떻게 할 수 있는지에 관한 문제니까요. 그리고 많은 다른 사람들과 함께 그것을 해야 하고요.

래리 그럼 어떤 기분일까요. 70년 동안 프랭크 시나트라[*]로 지냈던 것은 필시 어떤 기분이었을 거라고 생각해요?

오프라 음, 그때는 아주 달랐죠. 그 당시는 전혀 다른 시대였잖아요. 문자 그대로 극소수의 사람들이 바라보고 찬탄하는 세상에서 우상시되었던 거니까요.

래리 그렇겠군요.

오프라 그리고 매체도 오늘날의 것과 같지 않았어요.

래리 그렇지요.

오프라 500개의 채널도 없었잖아요. 또 수많은 잡지들

---

[*] Frank Sinatra: 1915~1998, 미국의 가수, 배우. 1930년대에 10대들의 우상이 되었으며 60여 년 동안 여러 세대에 걸쳐 팬들의 사랑을 받았다. '목소리 (Voice)', '올드 블루 아이즈(Ol' Blue Eyes)', '회장님(Chairman of the Board)' 등 여러 가지 별명을 얻었다. 그의 대표곡에는 〈내 사랑에게 바치는 노래(One for My Baby)〉, 〈마이 웨이(My Way)〉, 〈내게로 와요(Come Fly with Me)〉, 〈뉴욕, 뉴욕(New York, New York)〉, 〈내 마음의 고향(My Kind of Town)〉 등이 있다.

도 없었고, 많은 다른 부류의 개인들에게 접근할 방법도 없었어요. 그리고 질문공세를 받지도 않았죠. 그러므로 프랭크 시나트라 시대에 유명인, 즉 스타가 된다는 것은……제 다정한 친구 퀸시 존스가 자서전을 계획하고 있는데……

래리 맞아요, 자서전이 곧 나올 거잖아요. 읽어봐야겠죠. 읽어봐야 할 거예요. 저는……

오프라 전 읽었어요. 굉장하던데요. 음, 제가 퀸시를 아주 좋아해요. 퀸시의 자서전이 10월에 출판됩니다. 깜짝 놀라실 거예요. 제가 알고 있는 사람들의 삶 중에서 그가 가장 흥미로운 삶을 살았지요. 그의 인생은 프랭크 시나트라의 전시기에 걸쳐 있거든요. 25세 때에 그는 프랭크 시나트라를 위해 일했어요.

래리 맞아요.

오프라 그러므로 그는 빌리 할리데이(Billy Holiday)와 프랭크 시나트라, 카운트 베이시(Count Basie) 등 '거장'이 진정한 '거장'이었던 당시에 모든 사람들과 동시대에 살았어요. 그러므로 지금과는 아주 달랐다고 생각해요.

래리 뉴욕의 용커스(Yonkers)에서 전화하신 분, 오프라와 전화 연결됐습니다. 여보세요?

시청자 여보세요?

래리 안녕하세요?

시청자 전 셰리 니켈(Sherry Nickel)인데요, 어린시절에 오프라 아줌마의 역할모델이 누구인지, 아니 누구였는지 알고 싶어요.

래리 몇 살인가요?

시청자 9살이요.

래리 9살이에요. 오프라 아줌마가 어린이의 역할모델인가요?

시청자 네.

래리 알겠어요. 당신이 아이의 역할모델이라는군요. 당신의 역할모델은 누구였죠, 오프라?

오프라 제 역할모델에는 작가들이 있었어요. 마여 앤젤루가 제 역할모델이었죠. 자라면서 그녀의 책 〈새장에 갇힌 새가 왜 노래하는지 나는 아네(I Know Why the Caged Bird Sings)〉를 읽었어요. 그것을 통해서 저는 얼마간 제 삶에 눈을 뜨게 됐지요. 흑인이면서 가난한 자에게는 필연적인 삶이 있다는 것을 처음으로 생각하게 만든 책이었어요.

역할모델이 있고, 그리고 성장해서 자신의 역할모델과 친구가 되는 것은 정말로 멋진 일이에요.

래리 아무렴요, 운명적인 일이죠.

오프라 마여는 제 좋은 친구가 됐어요. 그래요, 그녀가 제가 정말로 일체감을 갖는 유일한 역할모델이었어요. 그 외에 역할모델은 제겐 책들이었어요. 그래서……

래리 당신이 9살짜리의 역할모델이라고 해서 놀랐나요?

오프라 제가 놀라야 하나요?

래리 그럼요.

오프라 솔직히 놀라지 않았어요. 왜냐하면……

래리 놀라지 않았다고요?

오프라 예, 왜냐하면 그런 얘기를 정말 많이 듣거든요. 또 저는 많은 아이들과 이야기를 나눠요. 그런데 저는 이것을 믿어요, 래리. 인식하지도 못하는 점에서 우리 모두는 서로에게 역할모델이 되고 있다는 것을 말이에요. 9살 어린이, 정말 고마워요. 그 영상이 마침 어떤 것이었든 아이는 저를 텔레비전에서 보고 알았을 거예요. 하지만 아이의 어머니나 아주머니, 선생님들, 그리고 아이가 매일 누구를 접촉하든 저보다 그분들이 더 뛰어난 역할모델이 될 수 있을 거예요.

래리 그러나 역시 많은 소녀들이 똑같은 사람을 댈 거예요. 아마 브리트니 스피어스(Britney Spears)가 역할모델이라고 말하거나 혹은 바비인형을 역할모델이라고 말하겠지요.

오프라 예, 제 생각에는……바비인형을 좋아해본 적은 없지만, 그것도 괜찮죠. 저는 바비가 직업이 필요하다고 생각했었거든요. 바비걸은 절대 아니었어요.

래리 흑인 바비인형이 있었나요?

오프라 아니요. 흑인 바비인형은 없었어요.

래리 버몬트(Vermont)의 벌링턴(Burlington) 연결됐습니다, 여보세요?

시청자 안녕하세요?

래리 안녕하세요?

시청자 안녕하세요, 저는……

오프라 지금은 흑인 바비인형이 있어요. 마텔(Mattel: 바비인형 생산 회사—옮긴이)사에서 저한테 전화를 할 테니 말씀드려야겠네요. 하지만 그때는 없었어요.

시청자 어, 제 전화에는 잡음이 좀 있어요. 오프라, 래리, 두 분과 이야기할 수 있게 돼서 기뻐요.

래리 감사합니다.

시청자 전 전업주부예요, 두 아이들의 엄마고요. 그래서 저는 제가 갖게 되는 매순간의 자유시간을 즐기죠. 제가 궁금한 건, 오프라, 당신은 자유시간이 있나요? 그리고 여가시간에는 뭘 하시나요?

　오프라 음, 전 자유시간이 많아요.

　시청자 뭘 하는 것을 가장 좋아하세요?

　오프라 제가 자유시간을 많이 가지거든요. 지금도 스페인 여행에서 돌아온 참이에요. 이번 여름에는 특히나 자유시간을 많이 가졌어요. 그리고 전 제 자신에게 여가시간을 주거든요. 일요일마다 제가 어디에 가 있든 저는 자유시간을 보내요. 아무래도 제가 해야 할 일들이 많으니까요. 그 일들에서 스트레스를 받든 안 받든 간에요.

　저는 계속 일이 많이 있어요. 그래서 원기를 회복하고 기운을 되찾을 수 있도록 아무것도 하지 않고 조용히 지낼 수 있게 적어도 하루를 제 자신에게 주지 않는다면 그때에는 결국 순식간에 기력이 사라지게 될 거예요.

　그런데 저도 그렇게 하지 않았던 때가 있었어요. 제가 그렇게 하지 않던 때를 아실 거예요. 그래서 한주에 하루씩 아무 일도 하지 않는 날을 규칙적으로 제게 주려고 노력하죠. 제가 인디애나(Indiana)에 농장이 있거든요. 개도 9마리나 있고요.

　스테드먼과 저는 그곳에 가요. 그리고 거기서 저희에게 중요한 것들에 대해서 서로 이야기를 나누죠. 저희는……사람들은 저희가 둘러앉아서 아기를 갖는 문제에 대해서 이야기할 거라고 생각하더라고요. 래리, 당신은 스테드먼과 얘기했었죠. 우리는 교육에 대해서 많이 이야기해요.

래리 들었어요.

오프라 우리가 어떻게 이 세상의 교육을 도울 것인지 의견을 나누죠. 그는 제게 중요한 동기를 부여하는 사람이에요. 또 제가 항상 다음 단계로 나아갈 수 있도록 격려도 해주고요. 제 인생에 많은 영향을 미치는 사람이죠. 그렇게 우리는 서로 다소 실없는 말을 나누면서 농장에서 많은 시간을 보낸답니다.

래리 그건 그렇고 '오프라 쇼'의 새 시즌에서 월요일에 시작하는 빅시리즈와 만나는 것을 잊지 마세요. 필이 참여한다고 합니다.

오프라 예, 그 프로그램의 타이틀은 '현실의 도전을 직시하라(Get real challenge)' 예요. '필과 함께하는 현실의 도전을 직시하라' 요.

래리 타이틀이 '현실의 도전을 직시하라' 라는군요. 그리고 필이 다음주 화요일에 우리 쇼에 출연해서 그 프로에 대해 이야기도 나눌 예정입니다. 오프라와 함께 남은 시간을 마무리하기 위해서 곧 돌아오겠습니다. 이번이 마지막 광고군요. 자리 뜨지 마세요.

(동영상 시작 '오프라 윈프리 쇼')

오프라: 저희가 하고 싶은 것은 여기 '오프라 쇼'에서 '북 클럽'을 재개하려는 거예요. 많은 분들이 자신들의 주변에서 독서 클럽에 참가하고 있다는 것을 제가 알고 있기 때문이죠. 여러분에게는 이 달의 책이 있습니다. 저는 전국이 또다시 책을 읽게 되기를 바랍니다. 독서를 하고 있지 않는 분들, 책은 소중한 것입니다!

(박수갈채)

(동영상 끝)

래리 아메리카 온라인(America Online)에서 나온 질문이에요. 질문은, 오프라는 앞으로 공직에 입후보할 생각이 있나요? 만약 그렇지 않다면 그 이유는 무엇인가요?

오프라 앞서 이야기 나눌 때 말했던 것과 같은 이유 때문이에요, 래리. 저는 텔레비전이 정보전달 면에서나, 사람들을 감동시키고, 사람들에게 영향을 주고, 사람들에게 지식을 제공하고, 사람들을 교육하는 능력 면에서 최고의 매체라고 생각해요. 그리고 이 일은 텔레비전에서 할 수 있는 최상의 직업이에요. 그리고 저는…… 게다가 보수도 꽤 많고요. 제가 기대했던 것 이상으로 훨씬 더 많았어요. 그리고…… 이유가 너무 많아서…… 지금까지 제가 결코 정치를 하지 않았던 이유는 단지 그 일을 감당해낼 수 있는 힘이 없기 때문이에요. 저는 보다 견문이 넓고, 열의에 차고, 인정 있는 사람들이 공직에 입후보했으면 해요. 하지만 이건 일구이언이 되겠네요. 왜냐하면 저는 견문이 넓고, 열의에 찬 사람이지만 그것을 하고 싶지는 않거든요.

래리 그런데 당신은 콘디트 하원의원 지지자였나요?

오프라 아니요.

래리 당신이 좋아하는 일이 아니죠.

오프라 네, 제가 좋아하는 일이 전혀 아니죠.

래리 정(Chung)이 한 인터뷰(ABC 방송국의 코니 정이 챈드라 리비의 실종사건과 관련해 개리 콘디트 의원을 인터뷰한 것을 말함. –옮긴이)를 봤어요?

오프라 아니요, 하지만 볼 생각이에요. 공교롭게도 콘디트 의원 인터뷰가 방송되는 동안 전 스페인에 있었어요. 사실 저는 로잔느*⁾가 출연한 당신 쇼를 봤어요.

래리 그날 밤 그녀는 굉장했어요.

*) Roseanne Barr: 코미디언이자 배우, 작가, 토크쇼 진행자.

오프라 예, 그날 밤 재밌었어요.

래리 그녀는 당신을 재밌어 해요.

오프라 정말요? 저는 배에서 당신 쇼를 보고 있었어요. 그래서 제가 CNN을 좋아하는 거예요. 당신들은 바다 한가운데에도 있으니까요.

래리 우리는 어디든지 있어요.

오프라 CNN이 당신과 로잔느와 함께 거기 있었죠.

래리 예전에는 즐겨 하던 일인데 오프라가 지금은 할 수 없는 일은 무엇인가요?

오프라 글쎄요.

래리 이를테면, 이전에 시나트라가 제게 자신은 당구를 치는 것을 못하게 됐다고 말하더군요. 그저 당구장에 가서 당구를 치는 일을 말이에요.

오프라 음, 전 없어요. 앞서 이야기 나눴잖아요. 그래서 제가 당신은 이런 것에 대해서 이야기를 나눌 유명인사들을 게스트로 모시고 쇼를 진행해야 한다고 말씀드렸……

래리 지금 하고 있는 거예요.

오프라 알겠어요.

래리 당신은 유명인이에요, 그럼 예전엔 했었는데 지금은 할 수 없는 건 뭔가요?

오프라 음, 역시 제 대답은 '없다'예요. 저는 그런 식으로 살지 않아요. 모든 것을 다하고 살죠.

래리 5번 애비뉴(5th Avenue)를 따라 산책을 해요?

오프라 5번 애비뉴를 따라 산책을 해요. 매디슨 애비뉴(Madison Avenue)를 따라 산책도 하고요. 매디슨 애비뉴는 제가 가장 좋아하는 쇼핑장소예요. 그런데 왠지 아시죠.

래리 아, 집사람한테 전할게요

오프라 전 마샬 필드즈(Marshall Fields)에 크리니크(Clinique: 화장품 브랜드) 스페셜을 사러 걸어도 가요. 전 어디에나 가요. 식품점에도 가고, 월그린즈에도 가고. 못하는 게……

래리 그래서 하고 싶은 일을 억지로 하지 못했던 것이 아무것도 없다는 말인가요?

오프라 그렇죠. 제가 하고 싶은 것을 하지 못하는 유일한 경우는—제가 이런 상황을 알기 때문인데요—제가 외출을 하면 사람들을 몰고 다닐 것 같은 생각이 간혹 들 때에요. 이건 제가 텔레비전에 출연하기 때문에 있는 일이에요. 모두들 저를 알아보잖아요. 그래서 흔히 있는 일이죠.

제가 어느 레스토랑에 간 적이 있어요. 로스앤젤레스에 있는 레스토랑이었죠. 그런데 엘리자베스 테일러가 한 테이블에 앉아 있는 거예요. 수년 전의 일이에요. 전 다른 테이블에 앉았죠. 그런데 사람들이 제게 와서는 이렇게 말하는 거예요. "오프라, 누가 여기 있는지 맞춰 봐요. 엘리자베스 테일러예요."

래리 오프라, 당신을 만나는 건 언제나 큰 영광이에요. 너무 늦었군요. 시간이 아주 빨리 지나갔어요. 다시 이야기를 나누는 데 또 6년하고 6개월을 기다리게 하지는 말아요.

오프라 그러지 않을게요.

래리 월요일에 시작하는 새로운 시즌의 행운을 빕니다. 필과 함께 하는 모든 것에요.

오프라 감사합니다.

래리 당신을 많이 볼 수 있겠네요.

오프라 다음주에 필을 잘 부탁드려요. 아, 래리, 휴가 즐겁게 보내세요.

래리 고마워요.

오프라 아이들을 데려가나요?

래리 아니에요, 녀석들은 잠시 집에 두고 갈 생각이에요. 기념일 때라서요.

오프라 그렇군요.

래리 이런!

오프라 아이들에 대해서 좀더 들을까요.

래리 고마워요. 하지만 당신이 녀석들을 직접 만나봐야 돼요.

오프라 *저도 그러고 싶어요.*

래리 당신은 캐논(Canon)이라는 이름을 좋아해요, 그렇죠. 하지만 캐논, 넌 그 이름을 좋아하니?

오프라 *전 캐논이라는 이름이 좋아요. 제가 아들이 있다면 캐난(Canaan)이라고 이름을 지을 거라고 늘 생각했어요.*

래리 고맙군요, 이제 마쳐야 할 시간이에요.

오프라 *아, 초대해 주셔서 감사합니다.*

래리 나와 주셔서 감사합니다.

〈끝〉

1954년 1월 29일 미시시피의 코지어스코에서 사생아로 오프라
       윈프리 출생.

1958년 오프라의 어머니 버니타 리 위스콘신의 밀워키로 이주.
       그녀의 어머니가 오프라를 양육.

1960년 밀워키로 옮겨가 그녀의 어머니와 함께 생활.

1968년 테네시의 내슈빌로 옮겨가 그녀의 아버지 버논 윈프리
       와 생활.

1971년 WVOL 라디오 방송국에 고용되어 파트타임으로 뉴스원
       고를 낭독하는 일을 함. 내슈빌의 이스트 고등학교를 졸
       업하고 테네시 주립대학에 진학.

1972년 미스 블랙 내슈빌과 미스 블랙 테네시의 영예를 안음.

1973년 내슈빌의 WTVF-TV 방송국 뉴스 프로그램의 공동 진
       행자를 맡은 최초의 아프리카계 미국 흑인 여성이 됨.

1976년 볼티모어의 WJZ-TV 방송국에 입사하여 지역뉴스 프로
       그램의 공동 진행자가 됨.

1977년 WJZ-TV 방송국에서 그녀에게 리처드 쉐어와 함께 '피
       플 아 토킹'의 공동 진행을 맡아줄 것을 부탁함.

1984년 시카고의 WLS-TV 방송국에서 그녀를 'A.M. 시카고'

의 진행자로 발탁함.

1985년 'A.M. 시카고'가 '오프라 윈프리 쇼'로 바뀜. 〈칼라 퍼플〉의 소피아 역에 캐스팅됨.

1986년 〈칼라 퍼플〉로 아카데미상에서 여우조연상의 후보로 지명됨. '오프라 윈프리 쇼'를 전국의 독립 방송국에 직접 판매하게 됨. 그녀 자신의 프로덕션을 설립함.

1987년 테네시 주립대학에 재등록하여 학교를 마침. '오프라 윈프리 쇼'는 윈프리의 첫 번째 최고 토크쇼 진행자상을 포함하여 여러 부문의 에미상을 수상함.

1988년 국제 라디오 및 텔레비전 협회가 수여하는 올해의 방송인으로 지명됨. 미니시리즈 〈브루스터가의 여인들〉의 제작 및 주연을 맡음. 시카고에 하포 프로덕션 설립. 그녀의 토크쇼 소유권을 사들임.

1989년 모어하우스 칼리지에서 명예 박사학위를 받음. 이복 남동생 제프리 리 사망.

1990년 하포 프로덕션이 문을 열고, 하포 영화사가 설립됨.

1991년 '전국아동보호법안'의 통과를 지원하기 위해서 의회에 섬.

1993년 '전국아동보호법안'이 대통령의 서명을 받아 법률로 통과됨. 이것은 '오프라 법안'으로 알려지게 됨. 텔레비전 영화 〈이곳에는 아이들이 하나도 없다〉의 제작 및 주연을 맡음.

1994년 데이타임 에미상 최고 토크쇼상과 최고 토크쇼 진행자 상을 수상함. 〈부엌에서 로지와 함께: 오프라가 가장 좋아하는 요리법〉을 출판함. 40번째 생일을 기념하여, 워싱턴에서 열린 해병대 마라톤 대회(Marine Corps Marathon)에 참가 4시간 29분 15초의 기록으로 완주함.

1995년 〈포브스〉지가 선정한 미국에서 가장 부유한 400인 가운데 유일한 연예인이자 아프리카계 미국인으로 기록됨.

1996년 피바디상(George Foster Peabody Award) 수상. 국제라디오 및 텔레비전 협회에서 황금메달을 받음. 밥 그린과 〈상관관계를 생각하라: 더 나은 몸매와 더 나은 삶을 위한 10단계〉를 공동 집필함. '오프라의 북클럽' 신설.

1997년 자선단체 '엔젤 네트워크'의 활동 개시.

1998년 데이타임 에미상에서 평생공로상을 수상함, 영화 〈사랑하는 사람〉의 촬영에 들어감. 〈타임〉지가 뽑은 '20세기의 가장 영향력 있는 100인'에 선정됨.

1999년 스테드먼 그래엄과 함께 노스웨스턴 대학교에서 '리더십 역학' 강의. 전미도서재단의 50주년 기념 황금메달 수상.

2000년 여성전문 케이블 방송을 〈옥시즌 미디어〉에서 지원함. 허스트 출판사와 손잡고 〈오 매거진〉을 창간함.

2001년 새천년 여성지도자로 〈뉴스위크〉지의 표지에 실림.

2002년 제54회 프라임 타임 에미상 시상식에서 밥 호프 인도주의자상(Bob Hope Humanitarian Award)을 수상함. 〈오 매거진〉의 첫 번째 국제판이 남아프리카공화국에서 발간됨. 하포 프로덕션에서 '닥터 필 쇼' 제작. 남아프리카공화국 소녀들의 교육을 위하여 그녀가 1,000만 달러를 기부해 건설하는 '오프라 윈프리 리더십 아카데미'의 첫 삽을 뜸.

2003년 예술적 자질과 인도주의적 대의를 실천한 공로로 마리안 앤더슨 상*)을 수상함.

2004년 '오프라 윈프리 쇼'의 19번째 시즌의 시작을 축하하는 뜻에서 276명의 방청객 전원에게 새 자동차를 선물함.

2004년 톰 크루즈와 함께 노르웨이 오슬로에서 열린 노벨평화상 콘서트를 진행함. 〈타임〉지가 선정한 '세계에서 가장 영향력 있는 100인'과 UN이 선정한 '올해의 세계 지도자상' 수상자로 뽑힘.

2005년 전미흑인지위향상협회(NAACP)의 '명예의 전당'에 이름을 올림. 국제 에미상 방송인 부문 수상자로 선정.

＊) Marian Anderson Award : 1998년에 제정되었으며 인도주의적 대의와 사회봉사에 앞장선 아티스트들에게 수여하는 상. 마리안 앤더슨(1897~1993)은 당대 최고의 콘트랄토 가수의 한 사람이었다. 가난한 흑인 부모에서 태어난 그녀는 가난과 인종적 차별과 싸워가며 명성을 떨치기 시작했다. 그녀는 가창력과 음악해석 능력뿐만 아니라 흑인들을 위한 노력과 따뜻한 성품으로도 찬사를 받았다.

〈타임〉이 선정한 '세계에서 가장 영향력 있는 100인', 〈포브스〉가 선정한 '세계에서 가장 영향력 있는 명사 100인'에 오름. 'Oprah's Angel Network Katrina Home Registry'를 설치해 허리케인 피해자들의 주택 건설을 위한 자선 모금운동에 나섬. 연말 특집 '오프라 윈프리 쇼'에서 카트리나 자원봉사자들에게 1인당 7,000달러에 이르는 선물을 전달함.

2006년 '체중감량'에 관한 비법을 담은 책을 집필하는 조건으로 사이먼 앤 슈스터(Simon & Schuster)와 계약함. XM 위성라디오(XM Satellite Radio)를 통해 자신의 라디오 채널 '오프라와 친구들(Oprah & Friends)'을 시작함. '오프라 윈프리 쇼'에서 방청객 310명에게(자선에 써 달라며) 1,000달러짜리 현금카드를 선물함.

제1장 "아, 하느님, 알겠어요!"

1) "크리스마스 온정 : 2002년 남아프리카공화국", ⓒ 2004년 하포 프로덕션, ⟨http://www.oprah.com/presents/
2003/christmaskindness/leadership/pres_2003_ck_leadership.jhtml⟩ (2004년 10월 25일).

2) Ibid.

3) Ibid.

4) "오프라가 이야기한 뜻밖의 사실, 2003년 12월 17일", ⓒ 2004년 파라마운트 픽쳐스(Paramount Pictures), ⟨http://et.tv.yahoo.com/tv/2003/12/17/oprah_primetime/⟩ (2004년 10월 25일).

5) Ibid.

6) "오프라 윈프리 소웨토에서 호프월드와이드 파티를 주최하다", ⓒ 2001년 ⟨호프월드와이드(HOPE worldwide)⟩, ⟨http://hopeww.org/home/2000/12/oprah.htm⟩ (2004년 10월 25일)

7) Ibid.

8) 타냐 배리엔토스(Tanya Barrientos)와 아네트 존 — 홀

(Annette John-Hall), "오프라, 선한 마음씨로 존경을 얻다", ⓒ 2003년 〈인콰이어러(The Inquirer)〉 필라델피아(Philadelphia), 〈http://www.philly.com/mld/philly/entertainment/7288640.htm〉 (2004년 10월 25일).

제2장 가난한 가정에서 태어나다

1) 로버트 왈드론(Robert Waldron), 〈오프라!(Oprah!)〉 (New York: St. Martin's Press, 1987년), p.11.

2) Ibid., pp.12, 17.

3) 노먼 킹(Norman King), 〈모두가 오프라를 좋아한다! 그녀의 놀라운 인생 이야기(Everybody Loves Oprah! Her Remarkable Life Story)〉 (New York: William Morrow and Company, 1987년), p.30

4) 앨런 리치먼(Alan Richman), "오프라", 〈피플 위클리(People Weekly)〉, 1987년 1월 12일, p.50.

5) 빌 애들러(Bill Adler) 편집, 〈오프라 윈프리의 특별한 지혜(The Uncommon Wisdom of Oprah Winfrey)〉 (Secaucsu, N.J.: Birch Lane Press, 1997년), p.4.

6) 왈드론, p.20.

7) Ibid. p.14.

8) 리치먼, p.50.

9) 존 컬헤인(John Culhane), "오프라 윈프리 : 정직성이 어

떻게 그녀의 인생을 변화시켰나", 〈리더스 다이제스트(Reader's Digest)〉, 1989년 2월, p.102.

제3장 어려운 시기

1) 빌 애들러 편집, 〈오프라 윈프리의 특별한 지혜〉 (Secaucus, N.J.: Birch Lane Press, 1997년), p.8.

2) 슈거 로트보드(Sugar Rautbord), "오프라 윈프리", 〈인터 뷰(Interview)〉 매거진, 1986년 3월, p.62.

3) 매릴린 존슨(Marilyn Johnson)과 다나 파인만(Dana Fineman), "오프라 윈프리: 책 읽는 생활", 〈라이프(Life)〉, 1997 년 9월, p.9.

4) 애들러, p.10.

5) 조안나 포웰(Joanna Powell), "나는 더 깊은 어떤 것을 채 우려고 했다", 〈굿 하우스키핑(Good Housekeeping)〉, 1996년 10 월, p.82.

6) 조안 바셀, "오프라", 〈미즈(Ms.)〉, 1986년 8월, p.56.

7) 로버트 왈드론, 〈오프라!〉, (New York: St. Martin's Press, 1987년), p.29.

8) 애들러, p.16.

제4장 역경을 이기다

1) 매릴린 존슨과 다나 파인만, "오프라 윈프리: 책 읽는 생

활", 〈라이프〉, 1997년 9월.

2) 재니트 로(Janet Lowe), 〈오프라 윈프리 이야기(Oprah Winfrey Speaks)〉 (New York: John Wiley & Sons, Inc., 1998년), p.14.

3) 노먼 킹, 〈모두가 오프라를 좋아한다! 그녀의 놀라운 인생 이야기〉 (New York: William Morrow and Company, 1987년), pp.57-58.

4) 빌 애들러 편집, 〈오프라 윈프리의 특별한 지혜〉 (Secaucus, N.J.: Birch Lane Press, 1997년), p.29.

5) 존 컬헤인, "오프라 윈프리: 정직성이 어떻게 그녀의 인생을 변화시켰나", 〈리더스 다이제스트〉, 1989년 2월, p.103.

6) 로, p. 15.8. 타냐 바리엔토스(Tanya Barrientos)와 아네트 존-홀(Annette John-Hall),

7) "오프라 윈프리 인터뷰, 1991년 2월", ⓒ Academy of Achievement, Museum of Living History, 〈http://www.achievement.org/autodoc/page/win0int-2〉 (2004년 10월 25일)

8) Ibid.

9) 로, p.29.

10) 애들러, p.33.

제5장 채널 변경

1) 윈프리의 웰즐리 칼리지(Wellesley College) 졸업식 축사

에서, 1997년 5월 30일

2) 노먼 킹, 〈모두가 오프라를 좋아한다! 그녀의 놀라운 인생 이야기〉 (New York: William Morrow and Company, 1987년), p.79.

3) 로버트 왈드론, 〈오프라!〉 (New York: St. Martin's Press, 1987년), p. 68.

4) "오프라 윈프리 인터뷰, 1991년 2월", ⓒ Academy of Achievement, Museum of Living History, 〈http://www.achievement.org/autodoc/page/win0int-1〉 (2004년 10월 25일)

5) Ibid.

6) 재니트 로, 〈오프라 윈프리 이야기〉 (New York : John Wiley & Sons, Inc., 1998년), p.43.

7) Ibid.

8) 크리스 앤더슨(Chris Anderson), "오프라 윈프리를 만나다", 〈굿 하우스키핑〉, 1986년 8월, p.37.

9) 에릭 셔먼(Eric Sherman), "오프라 윈프리의 성공스토리", 〈레이디스 홈 저널(Ladies' Home Journal)〉, 1997년 3월, p.64.

10) 로, p90.

11) 빌 애들러 편집, 〈오프라 윈프리의 특별한 지혜〉 (Secaucus, N.J.: Birch Lane Press, 1997년), p.163.

제6장 자신의 이름을 걸고

1) 로버트 왈드론, 〈오프라!〉 (New York: St. Martin's

Press, 1987년), p.78.

2) Ibid., p.78.

3) 조지 메이어(George Mair), 〈오프라 윈프리 : 그녀의 리얼 스토리(Oprah Winfrey : The Real Story)〉 (Secaucus, N.J.: Birch Lane Press, 1994년), p.74.

4) 빌 애들러 편집, 〈오프라 윈프리의 특별한 지혜〉 (Secaucus, N.J.: Birch Lane Press, 1997년), p.52.

5) Ibid.

6) 리처드 조글린(Richard Zoglin), "사람들이 진실을 느끼다", 〈타임(Time)〉, 1986년 9월 15일, p.99.

7) "증가는 많고, 고통은 없다", 〈피플(People)〉, 1991년 1월 14일, p.82.

제7장 〈칼라 퍼플〉에 대한 애착

1) "오프라 〈칼라 퍼플〉의 배역으로 명예를 얻다" 〈제트 (Jet)〉, 1986년 6월 30일.

2) 빌 애들러 편집, 〈오프라 윈프리의 특별한 지혜〉 (Secaucus, N.J.: Birch Lane Press, 1997년), p.238.

3) 데이비드 앤슨(David Ansen), "우리는 극복할 것이다", 〈뉴스위크(Newsweek)〉, 1985년 12월 30일, p.60.

4) "〈칼라 퍼플〉", (리뷰), 〈버라이어티(Variety)〉, 1985년 12월 18일.

5) 잭 매튜스(Jack Mathews), "〈칼라 퍼플〉의 세 여배우들이 영화의 영향력에 대해 이야기하다", 〈로스앤젤레스 타임스(Los Angeles Times)〉, 1986년 1월 31일.

6) 재니트 로, 〈오프라 윈프리 이야기〉(New York : John Wiley & Sons, Inc., 1998년), p.56.

7) 에릭 셔먼, "오프라 윈프리의 성공스토리", 〈레이디스 홈 저널〉, 1987년 3월, p.64.

8) 조지 메이어, 〈오프라 윈프리 : 그녀의 리얼스토리〉(Secaucus, N.J.: Birch Lane Press, 1994년), p.94.

제8장 빅비즈니스

1) 폴 노글로우즈(Paul Noglows), "오프라의 가장 위험한 해", 〈워킹우먼(Working Woman)〉, 1994년 5월, p.52.

2) "오프라 신화", 〈TV 가이드(TV Guide)〉, 1995년 1월 7일, p.15.

3) 재키 로저스(Jackie Rodgers), "오프라 이해하기", 〈레드북(Redbook)〉, 1993년 9월, p.134.

4) 수잔 렛윈(Susan Letwin), "오프라 입을 열다", 〈TV 가이드〉, 1990년 5월 5일, p.5.

5) 재니트 로, 〈오프라 윈프리 이야기〉(New York : John Wiley & Sons, Inc., 1998년), p.110.

6) 빌 애들러 편집, 〈오프라 윈프리의 특별한 지혜〉

(Secaucus, N.J.: Birch Lane Press, 1997년), p.266.

제9장 새로운 주제

1) "오프라 윈프리 인터뷰, 1991년 2월", ⓒ Academy of Achievement, Museum of Living History, 〈http://www.achievement.org/autodoc/page/win0int-1〉 (2004년 10월 25일).

2) 메리 H. J. 파렐(Mary H. J. Farrell), "오프라의 대의", 〈피플 위클리(People Weekly)〉, 1991년 12월 2일, p. 69.

3) 조안나 포웰(Joanna Powell), "나는 더 깊은 어떤 것을 채우려고 했다", 〈굿 하우스키핑〉, 1996년 10월, p. 80.

4) Ibid.

5) 다나 케네디(Dana Kennedy), "오프라의 인생 2막", 〈엔터테인먼트 위클리(Entertainment Weekly)〉, 1994년 9월 9일, p.20.

6) "오프라 윈프리", 〈피플 위클리〉, 1993년 12월 27일, p.52.

7) 재니트 로, 〈오프라 윈프리 이야기〉 (New York : John Wiley & Sons, Inc., 1998년), p.155.

8) 빌 애들러 편집, 〈오프라 윈프리의 특별한 지혜〉 (Secaucus, N.J.: Birch Lane Pres, 1997년), p.210.

9) "오프라는 어떻게 미국을 정복했나", BBC 뉴스, ⓒ 2002년 〈http://news.bbc.co.uk/1/hi/entertainment/tv_and_radio/1868498.stm〉 (2004년 10월 25일)

10) 오프라 윈프리, "우리 모두가 텔레비전을 변화시키기 위해서 무엇을 할 수 있는가", 〈TV 가이드〉, 1995년 11월 11일, pp.15-16.

11) Ibid.

12) "오프라 스펠만 칼리지의 과학기금에 일백만 달러를 기부하다", 〈제트〉, 1995년 11월 27일, p.10.

13) 바바라 레이커(Barbara Laker)와 테레사 콘로이(Theresa Conroy), "소목장주들은 알아야 했다: 오프라가 틀림없이 승소한다는 사실을……"〈샌디에이고 유니온 트리뷴(San Diego Union Tribune)〉, 1998년 3월 6일. p.E3.

14) 마크 바비넥(Mark Babineck), Associated Press, 1998년 2월 26일.

15) 아론 브라운(Aaron Brown), "오프라 윈프리의 재판 평결", 〈굿모닝 아메리카(Good Morning America)〉, ABC-TV 방송국, 1998년 2월 27일.

제10장 그녀의 인생 최고의 시간에

1) 메리 엘리자베스 윌리엄스(Mary Elizabeth Williams), "오프라에 대한 우리의 믿음", 〈TV 가이드〉, 2004년 10월 10일.

2) "성스러운 여성, 오프라?", 〈유에스 뉴스 앤 월드 리포트〉, 1997년 3월 31일, p.18.

3) 〈피플 위클리〉, 2004년 2월 2일, p.52.

4) 빌 애들러 편집, 〈오프라 윈프리의 특별한 지혜〉 (Secaucus, N.J. : Birch Lane Press, 1997년), pp.158-159.

5) 오프라 윈프리와 펄 클리지(Pearl Cleage), "꿈을 향한 용기!", 〈에센스(Essence)〉, 1998년 12월, p.80.

6) 피터 트래버스(Peter Travers), 〈사랑하는 사람〉 비평, 1998년, ⓒ 2004년 〈롤링스톤〉 http://www.rollingstone.com /reviews/movie/_/id/5947279?〉 (2004년 10월 25일).

7) 켈로그 경영대학원, Northwestern University Press Release, 2000년 1월 16일.

8) 애들러, pp.207-212.

제11장 지평선 너머에

1) "〈오 매거진〉이라 명명된 오프라의 새 잡지", 〈비즈니스 와이어(Business Wire)〉, 2000년 1월 12일, p.1372.

2) 리네트 클렘스톤(Lynette Clemetson), "그것은 성실한 업무다", 〈뉴스위크〉, 2001년 1월 8일.

3) 브리짓 킨셀라(Bridget Kinsella), "오프라 매달 진행하던 북클럽을 끝내다", 〈퍼블리셔스 위클리(Publisher's Weekly)〉, 2002년 4월 8일.

4) 〈텔레비전 위크(Television Week)〉, 2004년 4월 19일, p.S4.

5) 2003년 10월 〈오 매거진〉의 "열정을 가지고 맞는 오프라

의 50세 분기점"에서 재인용, 2003년 9월 10일, ⓒ 2004년 파라
마운트 픽쳐스, 〈http://et.tv.yahoo.com/tv/2004/01/
30/oprahbirthday/〉 (2004년 10월 25일)

6) "오프라의 주말 생일 파티", 2004년 1월 29일, ⓒ 2004년
파라마운트 픽쳐스, 〈http://et.tv.yahoo.com/tv/2004
/01/29/oprahbirthday/〉 (2004년 10월 25일)

7) 알렌 와인트라웁(Alene Weintraub), "현실 직시하기—그
리고 엄청난 부자 되기: 닥터 필 조직은 계속해서 성장하고 있다.
하지만 이 끊임없는 자기 선전가는 많은 비난을 받고 있다", 〈비
즈니스 위크(Business Week)〉, 2004년 6월 21일, 〈http://www.
businessweek.com/magazine/content/04_25/b3888088htm〉
(2004년 10월 29일).

8) Ibid.

9) "오프라 윈프리, 방청객에게 자동차를 선사하다", 2004
년 9월 13일, ⓒ Associated Press, 〈http://apnews.my
way.com/article/20040913/D852SP380.html〉 (2004년 10월
25일).

10) "오프라에게 자동차를 선사받은 방청객들, 세금 폭탄을
맞다", 2004년 9월 22일, 〈케이블 뉴스 네트워크(Cable News
Network)〉, 〈http://money.cnn.com/2004/09/22/news
/newsmakers/oprah_car_tax?cnn=yes〉 (2004년 10월 20일).

11) Ibid.

　오늘날 세계에서 가장 성공한 여성 중 한 사람으로 꼽히는 오프라 윈프리는 가난한 미혼모의 딸로 태어나 아홉 살 때 성폭행을 당하고 마약에 빠지는 등 불우한 어린시절을 보냈다. 하지만 그녀는 자신의 기구한 삶을 극복하고서 미국 토크쇼의 1인자가 되었을 뿐만 아니라 영화배우와 잡지 발행인이자 TV 프로그램 및 영화제작사 등을 운영하면서 1년에 수백 억원의 수익을 내는 사업가로 성장했다. 그녀는 또한 수많은 자선단체와 장학기금을 설립하여서 불우한 사람들을 돕는 일에도 적극 앞장서고 있다. 특히 그녀는 미국 내 흑인 여성의 교육에 많은 돈을 기부하고 있다. 최근에는 남아프리카공화국에 전교생이 장학금을 받으며 공부할 수 있는 인재양성을 위한 여학교를 세워서 개교를 눈앞에 두고 있다고 한다.

　이 책에서는 오프라 윈프리의 어린시절부터 오늘날의 그녀가 있게 된 과정들을 살펴볼 수 있다. 단순히 성공 그 자체가 아니라 그 과정에서 그녀가 자신의 삶을 스스로 극복해 나가는 모습에 중점을 두고 있다. 또한 이 책에서는 오늘날의 그녀가 있도록 그녀에게 큰 힘이 되어준 사람들도 만나볼 수 있다. 게다가 래리 킹이 오프라를 인터뷰한 것도 완역했다.

오프라 윈프리는 이렇게 말한다. "자신의 인생은 스스로 개척해야 한다. 그렇게 운명을 개척했기에 오늘의 내가 있을 수 있었다." 오늘날 많은 젊은이들이 실업의 고통에 빠져 힘든 시간들을 보내고 있다. 오프라 윈프리는 세상을 원망하고 미워하며 삶을 포기할 만한 이유가 충분히 있었지만 자신에게 닥친 역경을 딛고서 오늘날의 그녀가 되었다. 이 이야기를 통해서 실의에 빠진 우리의 많은 젊은이들이 조금이나마 희망과 용기를 얻을 수 있으면 하는 바람이다.

미시시피의 한 시골동네에서 태어난 어린 흑인 소녀가 인종과 성벽을 뛰어넘어 어떻게 자신의 삶을 개척하여서 정상의 위치에 올라서는지 살펴보는 것은 흥미로운 일일 것이며 독자들에게 많은 행복감을 줄 것이라고 확신한다.

이정임